AF299004

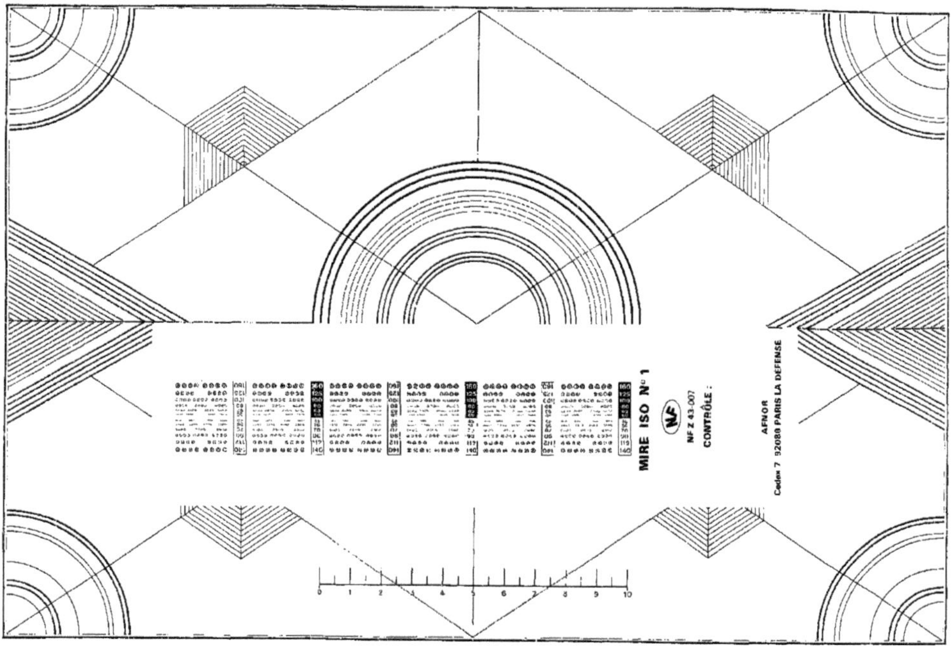

MIRE ISO N° 1
NF Z 43-007
CONTRÔLE :
AFNOR
Cedex 7 92080 PARIS LA DÉFENSE

LA PIE VOLEUSE, *ou*

OU

LA SERVANTE DE PALAISEAU,

MÉLODRAME HISTORIQUE

EN TROIS ACTES ET EN PROSE,

PAR MM. CAIGNIEZ et D'AUBIGNY;

Musique de M. ALEX. PICCINI, Ballet de M. RHENON;

Représenté, pour la 1er. fois, à Paris, sur le Théâtre de la Porte St.-Martin, le 29 avril 1815.

A PARIS,

Chez BARBA, Libraire, Palais-Royal, derrière le Théâtre Français.

DE L'IMPRIMERIE D'ÉVERAT, RUE DU CADRAN, N°. 16.

1815.

Tout le monde sait qu'on disoit autrefois à Paris une *Messe de la Pie*, en réparation de l'erreur des juges qui avoient condamné à mort une malheureuse servante, injustement accusée de vols faits par une Pie. Quoiqu'on parle diversement de l'époque et des circonstances de ce procès fameux, il n'en paroît pas moins certain qu'il a eu lieu; car il n'est pas présumable que la *Messe de la Pie* eût été fondée sans motif. La tradition la plus répandue est que le vol consistoit en cuillers, en fourchettes et en pièces de monnoie d'argent qu'on a retrouvées, mais trop tard, dans une gouttière, où cet oiseau les avoit successivement cachées. C'est cette dernière version que nous avons choisie.

PERSONNAGES.   ·ACTEURS.

ANNETTE, Servante de la ferme de Gervais. Mlle Jenny Vertpré

GERVAIS, riche Fermier à Palaiseau..... M. Bourdais.

JULIENNE, femme de Gervais............ Mme. Vanhove.

RICHARD, leur Fils................... M. Thibouville.

EVRARD, Soldat, Père d'Annette........ M. Bayle.

BLAISOT, Filleul et Domestique de M. et Madame Gervais..................... M. Pierson.

FRANCOEUR, Camarade et Ami d'Évrard. M. Livaros.

LE BAILLY de Palaiseau................ M. Émile.

GEORGET, jeune Paysan, Domestique du Bailli. .... M. Baudot.

BERTRAND, Geolier du bailliage........ M. Duchaume.

ISAAC, Juif, marchand Forain.......... M. Vissot.

DURETÉTE, Greffier du Bailli, personnage muet.

Une Pie.

Gendarmes, Paysans et Paysannes.

La Scène se passe à Palaiseau.

Nota. Cette pièce peut se jouer sans ballet. Voyez la note à la scène XIe., page 15.

LA PIE VOLEUSE,

ou

LA SERVANTE DE PALAISEAU.

ACTE PREMIER.

(Le Théâtre représente la cour d'une ferme à Palaiseau ; à gauche est l'entrée de la maison ; à droite sont des arbres qui forment un épais couvert : l'un de ces arbres se distingue des autres par des branches qui débordent les chassis des coulisses ; à l'une de ces branches est attachée une cage d'osier renfermant une Pie ; au fond est une haie, au centre de laquelle est une porte rustique par où l'on arrive dans la cour, au-delà de la haie est une colline et la campagne dans l'éloignement.)

SCENE PREMIERE.

BLAISOT, *seul d'abord, ensuite* ANNETTE.

LA PIE, *appelle.*

BLAISOT ? Blaisot ?

BLAISOT, *dans la maison.*

Me v'là, me v'là. (*entrant en s'essuyant la bouche du dos de sa main.*) Eh ! mordi, on n'a pas l'temps... Tiens ! parsonne ! Ah ! ah ! v'là mam'selle Annette. C'est elle peut-être... Eh, eh, eh ! qu'elle est donc gentille ! Une fille si douce, si sage, être servante dans une ferme ! c'est un meurtre, ça. La v'là.

ANNETTE, *descendant la colline un panier au bras.*

Ah ! c'est toi, Blaisot.

BLAISOT.

Dites donc, mam'selle Annette, est-ce vous qui m'avez appelé ?

ANNETTE.

Moi ?.. non.

LA PIE.

Blaisot ? Blaisot ?

BLAISOT, *se retournant.*

Eh ! c'est Margot ! c'est c'te maudite pie qui s'divertit encore à mes dépens.

ANNETTE, *riant.*

Ah ! ah ! ah ! qu'il est donc drôle avec sa pie ! Comment, mon pauvre Blaisot, depuis que tu la connois, tu peux encore t'y tromper !

BLAISOT.

Dame ! j'aurois voulu vous voir à ma place tout à l'heure

J'étois là à ranger des bouteilles sur l'buffet ; j'en trouve une où il restoit de c'bon vin, qu'Monsieur et Madame Gervais s'réservent pour eux tout seuls ; j'voulions en mettre tant seulement sur l'bord des lèvres, pour en sentir le goût ; eh ben ! pas du tout, v'là tout juste au moment que j'lève le coude, v'là c'te peste d'Margot qui s'met à crier : *Blaisot ? Blaisot ?* Je n'sais comment je n'ai pas cassé la bouteille en la r'posant à sa place.

ANNETTE, *riant.*

C'est bien fait, gourmand. Ah ! ah ! ah !

LA PIE.

Ah ! ah ! ah ! ah !

BLAISOT.

Eh ben, eh ben, entendez-vous ? n'v'là-t-il pas qu'Margot s'moque aussi d'moi !

ANNETTE

Elle a raison.

BLAISOT, *menaçant la Pie.*

Oh ! j'te ferai taire, petite ricaneuse. Là, d'mandez-moi un peu comment il arrive qu'en courant partout jusques sur les toits des maisons, comme elle fait tous les jours, i'n'se soit pas encore rencontré queuqu'brave animal de chat qui nous en ait fait justice.

ANNETTE.

Oh ! mais, c'est qu'elle a bec et ongles pour se défendre.

BLAISOT.

C'est égal, si c'étoit une bonne bête, i'li seroit déjà arrivé malheur. Mais elle est si méchante ! rusée, gourmande et bavarde ; ah ! bavarde comme une pie, quoi ? sans compter tous ses défauts cachés.

ANNETTE.

Je lui connois cependant une bonne qualité ; c'est de t'appeler, comme tout à l'heure, au moment où tu veux faire une sottise. Au revoir, Blaisot ; quand tu voudras goûter le vin de tes maîtres, défie-toi de Margot. (*Elle le quitte en riant pour rentrer dans la maison.*)

SCENE II.

BLAISOT, *seul.*

Sûrement que je m'en défierai. En vérité, je n'sais pas où ma marraine Madame Gervais a été mettre là son affection. Oh ! mais v'là c'que c'est : ça parle une pie, et ma marraine qui n's'en fait pas faute... c'est ça qui se r'semble s'assemble. Hum ! maligne bête ! (*Il agace la pie.*)

SCENE III.

JULIENNE, BLAISOT.

JULIENNE, *à la cantonnade*

Allons, allons, alerte ! Jacques, balaie la grande salle. Annette, apprêtez ce qu'il faut pour le couvert. (*à elle-même*). Voilà cinq heures, et notre enfant, notre cher Richard, ne tardera plus à arriver. Mais où est donc Blaisot ?

BLAISOT, *faisant un cri.*
Aye ! aye ! la vilaine bête !
JULIENNE.
Eh bien ? eh bien ? qu'est-ce que c'est encore ?
BLAISOT.
Oh ! jarni , ma marraine, c'est vout'pie qui m'a mordu le doigt. T'nez, r'gardez plutôt.
JULIENNE.
Elle a bien fait : tu n'avois qu'à la laisser tranquille.

BLAISOT, *menaçant la pie.*
J'te r'vaudrai ça, laisse faire.
JULIENNE.
Allons, Blaisot. Va chercher la grande table et tu la poseras sous ces arbres : c'est là qu'on soupera.

BLAISOT.
J'allons donc r'voir M. Richard ! et avec son congé absolu, c'qu'est l'plus beau !
JULIENNE.
Oui, oui, Blaisot. C'est ce soir qu'il arrive enfin. Voilà six ans qu'il est militaire et bientôt dix-huit mois qu'il n'est venu nous voir. Mais, dieu merci, cette fois c'est pour ne plus nous quitter.

BLAISOT.
Quen'plaisir ça s'ra d'li entendre raconter ses batailles , les coups de sabre et d'boulets qu'il aura reçus , les...
JULIENNE.
Mais, va donc chercher la table. (*le poussant*) Va donc, va donc. (*Blaisot va pour sortir.*)

SCENE IV.
Les Précédens , GERVAIS.

GERVAIS, *roulant un tonneau.*
Dis donc, Blaisot, viens m'donner un coup d'main.
BLAISOT.
Attendez, attendez, mon parrain.... *(Il court aider Gervais)*.
JULIENNE.
Eh mon dieu ! es-tu fou, Gervais ? que veux-tu faire de ça ?

GERVAIS, *à Blaisot.*
Appuie par là... bon, c'est ça. Là, v'là qui va bien. J'te remercie. mon garçon. (*à Julienne*) Il n'y aura rien d'trop, not'femme. Songe donc qu'toute la jeunesse du village va v'nir pour fêter l'arrivée d'not'cher enfant, et que d'puis que l'monde est monde, il n'y a jamais eu d'fête sans boire.

6

BLAISOT.

Et puis songez aussi, ma marraine, qu'j'aurons des violonneux pour faire danser c'te jeunesse, et qu'si un violonneux n'boit pas, c'est comme si son archet restoit sans colophane.

JULIENNE.

Blaisot, la table, la table donc.

BLAISOT.

J'y suis, ma marraine. *(Il va chercher la table et la dresse pendant le reste de cette scène.)*

GERVAIS.

Eh bien, not'femme, tout est-il prêt? n'as-tu rien oublié?

JULIENNE.

Oublié, oublié !.. C'est bon pour des ahuris comme vous d'oublier quelque chose. Ah ! pardi, tout iroit joliment dans la maison, si je n'avois pas l'œil à tout.

GERVAIS.

Oh ça, ma chére Julienne, faut convenir qu'pour l'activité, l'adresse, la vigilance, tu n'as pas ta pareille dans Palaiseau. Il ne t'manque, vois-tu, qu'd'avoir l'humeur un peu plus...

JULIENNE.

Hein?

GERVAIS.

J'veux dire un peu moins...

JULIENNE.

Un peu plus, un peu moins, vous êtes un sot M. Gervais.

GERVAIS.

Merci, femme.

JULIENNE.

Cet autre qui va parler de mon humeur ! Je te défie bien de trouver dans une femme plus de douceur, de patience, de... (*à Blaisot qui rit en les écoutant*) Eh bien, que fais-tu là, toi? Je te conseille de rire au lieu d'achever de poser cette table. Mais voyez donc ce paresseux qui n'a pas encore fini! Faut-il que je m'en mêle aussi, par hazard? Est-il décidé que je ferai tout, absolument tout, que personne ne m'aidera dans la maison?

BLAISOT.

Ah ! ma marraine, pouvez-vous dire ça? Je n'fais rien, moi, qui n'ai jamais l'temps d'respirer du matin au soir ! et mam'selle Annette, elle ne fait rien non plus, n'est-ce pas?

JULIENNE.

C'est encore une belle mijaurée que votre Annette.

GERVAIS.

Ah ! not' femme, tu n' rends pas justice à c'te brave et honnête fille.

JULIENNE.

C'te brave et honnête fille peut se passer de mes éloges ; c'est assez pour elle de tous ceux qu'on lui fait ici toute la journée.

GERVAIS.

Ah ça , d'puis deux ans qu'elle est avec nous, as-tu à te plaindre d'elle ? N'est-elle pas d'une exactitude à ses devoirs , d'une douceur...

JULIENNE.

Eh ! mon dieu, elle en a trop , de la douceur. Je ne peux pas voir une fille qui au moindre signe que je lui fais est toujours prête à m'obéir , qui ne me laisse pas le temps de lui donner un ordre, qu'il ne soit exécuté , je n'aime pas cela. (*montrant Blaisot.*) Tenez, voilà un imbécille qui me fait damner cent fois par jour, par ses gaucheries et ses maladresses ; eh bien , il me plaît ce nigaud-là ; avec lui du moins , je peux crier, me mettre en colère ; s'il me fâche trop , je lui détache un soufflet, voilà ce qu'il me faut , cela m'anime , me fait circuler le sang , et ces jours-là je me porte comme un charme.

BLAISOT.

Bien obligé , ma marraine, je n' sis pas curieux d'être vout' médecin de c'te manière-là.

JULIENNE.

Et puis on lui dit trop qu'elle est gentille. C'est toujours la belle Annette par-ci, la charmante Annette par-là; il n'y a pas jusqu'à M. le Bailli...Je crois , dieu me le pardonne , que ce vieux fou en est sérieusement amoureux.

GERVAIS.

Je le crois aussi , moi.

JULIENNE.

C'est que tout ça, vois tu Gervais, ça finira par lui donner un orgueil qui ne lui convient pas du tout. C'est une bonne travailleuse et non pas une demoiselle qu'il faut dans une ferme.

GERVAIS.

Écoute donc , femme , Annette n'est pas non plus ici comme une servante ; tu sais bien nos conventions avec ma sœur de Paris, qui nous l'a présentée. Annette est d'une honnête famille, elle a reçu de l'éducation ; son père , M. Grandville, est fils et petit-fils de riches fermiers comme nous, ainsi elle nous vaut bien. Si ce pauvre Grandville a eu des malheurs et s'il a été obligé de se faire soldat, après la mort de sa femme , est-ce la faute de c'te fille ?

JULIENNE.

Eh bien , à la bonne heure , je suis d'accord de tout ça, mais c'est pour l'avenir que je crains ; c'est qu'une jeune fille qui est un peu jolie...Je n'aime pas ça chez moi.

GERVAIS , *riant.*

T'as raison, c'est trop chatouilleux. (*Tirant sa montre.*) Oh ! oh ! v'la qu'il s'en va cinq heures et demie, et notre fils qui nous écrit qu'il arivera sur les six heures.

JULIENNE.

En ce cas , écoute , Gervais, je vas là bas jeter un coup_

d'œil et je reviendrai te prendre, nous monterons cette colline
et nous pourrons embrasser Richard un quart d'heure plutôt.

GERVAIS.

Excellente idée, ma foi ! quelle joie pour nous d' le revoir, ce
cher enfant ! Julienne, il faudra pe ser à l' marier, oui dà.

JULIENNE.

Oui, oui, nous verrons ça.

GERVAIS.

J'ai bien déjà queuqu'idée . mais....

JULIENNE.

Ah oui, je te vois venir. Oh mais doucement, notre homme,
ça me regarde ça. (*Appelant.*) Annette ? (*à Gervais.*) Oui, oui,
le mariage de Richard est mon affaire et non pas la tienne ; car
j'entends bien qu'il épousera...

LA PIE.

Annette.

GERVAIS.

Tiens, entends-tu Margot ? On diroit qu'elle a d'viné ma
pensée.

JULIENNE.

Oui-dà ! eh bien, apprends que je ne fais pas plus de cas de
son avis que du tien.

SCENE V.

ANNETTE et les Précéde..s.

ANNETTE.

Vous m'avez appelée, Madame Gervais ?

JULIENNE.

Oui, ma fille. Vous allez mettre le couvert. Moi, je vais préparer le linge et le panier à l'argenterie. Ah ça, prenez bien
garde, n'allez pas encore.... que ce ne soit pas comme à la fête
de M. Gervais, il y a quinze jours à la Saint-Claude, où une
fourchette a été perdue.

ANNETTE.

Oh ! soyez tranquille, Madame Gervais, j'y veillerai si bien...
Allez, cette maudite fourchette m'a causé plus de chagrin qu'à
vous. J'en ai bien pleuré.

BLAISOT.

L'avons-nous cherchée long-temps, c't ensorcelée fourchette ?
Il faut que le diable l'ait emportée.

GERVAIS.

Eh ! mon dieu, c'est un petit malheur. Elle est égarée, ne
v'la-t-il pas une grosse perte ! Mais je t'en prie, Julienne, qu'il
n'en soit plus question. Sans reproche, tu nous en as rebattu les
oreilles pendant plus de huit jours. C'est nous l'avoir fait assez
payer, j'espère.

JULIENNE.

Eh bien, c'est bon, c'est bon. Est-ce que tu m'en entends parler encore ? Il y a long-temps que je n'y pense plus, ma foi. Viens avec moi, Blaisot, tu vas m'aider. (*à Gervais*) Ne t'impatiente pas notre homme, dans deux minutes, je suis à toi. (*Elle rentre dans la maison et Blaisot la suit.*)

SCENE VI.

GERVAIS, ANNETTE.

GERVAIS.

Qu'as-tu donc Annette ? Tu m' parois triste !

ANNETTE.

C'est Madame Gervais qui reparle encore...

GERVAIS.

Allons, allons, est-ce que ça te r'garde ?

ANNETTE.

Pardonnez-moi, M. Gervais, cela me regarde. On veut toujours faire entendre que si j'y avois fait plus d'attention cette malheureuse fourchette ne se seroit pas égarée.

GERVAIS.

Tout d' même, mon enfant. Peut-on répondre... Mais laissons cela, et parlons de mon fils, de ce cher Richard qui va arriver. Cela ne te fait pas d' peine, n'est-ce pas ?

ANNETTE, *avec embarras.*

Oh non.... certainement, j'en suis... M. Richard est si aimable ! qui est-ce qui ne s'intéresseroit pas à lui ? Un si bon fils, un homme si doux, si honnête ! c'est tout votre portrait, Monsieur Gervais.

GERVAIS.

Un peu flatté peut-être. Mais écoute, puisque c'est par amitié pour moi, que mon portrait t'intéresse si fort, j'ai presqu'envie de t'en faire cadeau.

ANNETTE, *avec trouble.*

Quoi... Monsieur... vous sauriez...

GERVAIS.

Oui, ma chère Annette, Richard n'a rien de caché pour son père. Tu es une bonne fille, bien aimable, bien éduquée. Ton père est pauvre, mais c'est un brave et honnête homme qui n' peut qu' faire honneur à celui... je ne t'en dis pas davantage.

ANNETTE.

Oh mon dieu ! je ne sais pas si j'ai bien entendu. Mais.... Madame Gervais ..

GERVAIS.

Nous la laisserons crier d'abord. Que veux-tu, c'est son plaisir, elle tomberoit malade, si elle ne crioit pas ; mais au fond elle n'est pas méchante. Espère, espère, ma petite. Nous arrangerons cela.

ANNETTE.

Ah! Monsieur, tant de bontés...

SCENE VII.

JULIENNE, les Précédens, *ensuite* BLAISOT.

JULIENNE, *apportant un panier d'argenterie.*
Allons Gervais, quand tu voudras.

GERVAIS.
Tout de suite, ma chère Julienne.

JULIENNE, *à Annette.*
Ah ça, Annette, je n'ai pas besoin de vous recommander ce panier.

ANNETTE, *prenant le panier.*
Non, non, Madame. J'ai trop d'intérêt...

GERVAIS.
Annette, nous allons au-devant de Richard.

BLAISOT, *en entrant.*
Au-d'vant de M. Richard, j'y cours aussi, moi. (*Il dépose quelque chose qu'il apporte, sort et grimpe la colline en courant.*)

GERVAIS, *à Annette.*
Au r'voir, mon enfant. Sois tranquille, nous...

JULIENNE, *poussant son mari.*
C'est bon, c'est bon. C'est assez de politesses. (*Ils sortent et montent la colline.*)

SCENE VIII.

ANNETTE, *seule, mettant le couvert.*

Ce bon M. Gervais! il me dit d'espérer, — Et Richard; je vais le revoir! Comme tout se réunit aujourd'hui pour me rendre heureuse! et mon père donc que je vais embrasser bientôt! Oh oui, il m'a écrit que son régiment devant sous peu arriver à Paris, il demandera une permission pour venir me voir. Oh! j'en suis d'une joie... Il me mande aussi qu'il a reçu l'argent de mes petites épargnes. Pourquoi n'ai-je pas pu lui en envoyer davantage?

SCENE IX.

ANNETTE, ISAAC.

ISAAC, *dans la coulisse.*
Couteaux, ciseaux, pichoux, dentelles, foyez Messié, Mestaines...

ANNETTE.
Bon! voilà ce juif qui ne manque jamais de venir tous les ans

passer quelques jours dans ce village. Je lui acheté, l'année dernière ; mais s'il croit que j'en ferai de même cette année, il se trompe. J'ai envoyé tout ce que je possédois à mon père, et je n'en ai pas de regret.

ISAAC, *paroissant derrière la haie du fond.*

Messié, Mestames, foyez les pichoux, les dentelles, couteaux, ciseaux, ché fends, ché achète, ché troque, foyez, foyez, Messié, Mestames.

ANNETTE, *à Isaac.*

On n'a besoin de rien ici, brave homme, M. et Mad. Gervais sont sortis.

ISAAC.

Mais fous, Matémiselle ? foyez, foyez donc les pien cholies choses qué ché apporte tout noufeau dé Paris.

ANNETTE.

Laissez-moi, je ne veux rien acheter aujourd'hui.

ISAAC.

Pas fâchir, pas fâchir, Matémiselle. Li être pour une autre fois. Ché prie à fous de tire à Monsié et à Montame Cherfais qué trouvir moi jusqu'à timain, dans lé auberche dé la chifal planc. Si eux li avre bisoin de ma petite négoce...

ANNETTE.

C'est bon, je le dirai.

ISAAC.

Ponchour, graciése et chentille Matémiselle (*s'éloignant*). Couteaux, ciseaux, etc.

ANNETTE.

Il s'en va, c'est fort heureux.

SCENE X.

BLAISOT, ANNETTE.

BLAISOT, *descendant la colline en courant.*

Mam'selle Annette ? Mam'selle Annette ?

ANNETTE.

Ah ! Blaisoit vient m'annoncer sans doute...

BLAISOT, *entrant tout essoufflé.*

Le v'là, Mam'selle, le v'là ! c'est moi qui l'ai vu le premier.

ANNETTE.

Tu l'as vu, mon cher Blaisot !

BLAISOT.

Oui, oui, j'men vante. Bonjour, Blaisot, m'crie-t-il en m'voyant, et ma chère Annette ? — Elle sèche d'envie d'vous r'voir, M. Richard. Là dessus, une poignée d'main : merci, Blaisot, tu es un aimable garçon (*regardant sa main*) ; j'aurois été charmé du compliment s'il n'avoit pas serré si fort.

ANNETTE, *à elle-même.*

O Richard, il est donc vrai... (*On entend un prélude.*) Qu'est-
ce que j'entends-là ?

BLAISOT.

Et les violouneux donc ! et toute not' belle jeunesse qui s'est
fait brave comme un jour de fête pour 'e recevoir ! oh ! vous allez
voir ça, et t'nez, t'nez, les v'là tout l'monde.

ANNETTE, *apercevant Richard avec M. et Madame Gervais,*
et tous les Villageois descendant la colline.

Richard ! — Ah ! mon dieu ! la joie... je respire à peine.

SCÈNE XI.

Les Précédens, RICHARD, JULIENNE, GERVAIS, Villageois et Villageoises *qu'on voit descendre la colline.*

(Richard apercevant Annette, laisse tout le monde, s'élance, accourt et se
trouve à la porte du fond au moment où Annette y arrive pour le recevoir.)

RICHARD.

Ma chère Annette !

ANNETTE.

Ah ! M. Richard !

GERVAIS, *arrivant avec Julienne et les Villageois.*

Allons, allons, qu'on serve, qu'on se dépêche.

JULIENNE.

Richard doit avoir gagné de l'appétit en marchant, n'est-ce
pas, mon garçon ?

RICHARD.

Pas mal, pas mal, ma mère.

GERVAIS.

Et soif donc ? (*allant vers la table*) Tu boiras bien un coup
en attendant.

RICHARD.

Non. A table, si vous le permettez.

GERVAIS.

Eh bien, comme tu voudras.

JULIENNE.

Allons donc, allons donc, Annette, est-ce que vous n'avez
plus rien à faire ?

GERVAIS.

Un moment, not' femme. N'avons-nous pas sans elle assez
d'monde... Eh ! pardi, laisse-leur au moins l'tems d'se d'mander
comment i' s'portent.

JULIENNE.

Tout ça est bel et bon ; mais c'est que ça me chiffonne de
voir...

GERVAIS.

Femme, i' n'y a qu'un mot qui sarve. Es-tu contente qu'not'
fils soit arrivé bien joyeux, bien dispos, bien portant ?

JULIENNE.

Pardi ! la belle question ! entends-tu, Richard ? Ton père
qui me demande si je suis contente de te revoir ! Eh non, eh
non, je ne suis pas contente, c'est transportée, ravie, folle de
joie qu'il faut dire.

RICHARD.

Ma bonne mère ! que je vous embrasse encore.

JULIENNE.

Ah ! oui, oui, mon enfant, plutôt dix fois qu'une. (*Elle l'embrasse.*) Mon cher Richard !

GERVAIS, *s'essuyant les yeux.*

C'est ça, morgué !

JULIENNE, *à des garçons de ferme qui apportent le service.*

Eh bien, eh bien, vous autres, aurez-vous bientôt fini de
servir ? (*Elle va à la table pour ordonner.*)

ANNETTE, *à Richard.*

Et vous avez toujours pensé à la pauvre Annette !

RICHARD.

Toujours, toujours, ma tendre amie.

GERVAIS, *aux Villageois.*

Mes amis, v'là un tonneau qui vous attend pour boire à la
santé de not' brave Richard.

LES VILLAGEOIS.

C'est bien, c'est bien, M. Gervais

GERVAIS, *montrant le tonneau.*

Blaisot ? tu vas me percer ce gaillard-là et l'saigner, morguenne, sans miséricorde.

BLAISOT.

Jusqu'à c' que mort s'ensuive, n'est ce pas, parrain ?

GERVAIS.

Oui, c'est cela (*revenant à Richard*). Te voilà donc, mon
garçon ! jarnigoi ! c'est pour me rajeunir de dix ans.) *à demi-
voix.*) Eh ben, qu' dis-tu d'notre Annette ?

RICHARD.

Toujours charmante, mon père ! mais... ma mère....

GERVAIS.

Chut ! c'n'est pas l'moment d'parler d'ça.

JULIENNE.

Tout est prêt, mettons-nous à table. Ah ! mon dieu, où avois-je la tête ? et M. le Bailli ! ne faut-il pas l'attendre ?

GERVAIS.

Non, Julienne, car il m'a fait dire tout à l'heure qu'il n'étoit pas sûr de pouvoir venir.

JULIENNE.

Eh bien, à son aise.

RICHARD.

Ah ! dites-moi donc, ma mère, et mon cher oncle ?

JULIENNE.

Ton oncle ? hélas ! depuis un mois la goutte le retient chez lui, où il jure... Ah ! ça fait trembler de l'entendre... Pardi, sans cela tu penses bien qu'il n'auroit pas manqué... Il t'aime tant ! mais tu l'iras voir demain.

RICHARD.

Ce soir même, ma mère.

GERVAIS, *s'asseyant.*

C'est encore mieux. Allons, allons, à table. Richard, v'là ta place à côté de Madame Gervais ; toi, Annette, ici. — Si M. l'Bailli vient, i' s'mettra là (*à des paysans qui sont là*) Allons, M. l'Syndic, et vous, compère Thomas, à table, à table. (*Ceux indiqués s'asseyent à table.*) Blaisot, aie bien soin...

BLAISOT.

Soyez tranquille, parrain (*montrant des ménétriers qui* *boivent*). T'nez, voyez-vous ces violonneux qui se r'cordent. Voulez-vous permettre aussi, M. Gervais, que c'te jeunesse... (*Il indique qu'on voudroit danser.*)

GERVAIS.

Parbleu ! c'est bien comme ça que j'l'entends. Dansez, dansez, mes amis. — A ta santé, Richard. (*Il trinque avec Richard,* *Julienne et Annette en font autant.*) Allons, mes enfans, vive la joie, morbleu !

(A la fin du ballet, on se lève de table.)

GERVAIS, *aux danseurs.*

C'est bien, c'est bien, mes amis. A présent, faites-moi
l'plaisir de passer dans not' clos, là bas, sous les pommiers,
où vous pourrez continuer vos danses. Blaisot, emporte les
gobelets et les brocs. Quand i'seront vides, v'là la source.

BLAISOT.

C'est dit, parrain. (*Aux villageois.*) Allons, suivez-moi,
tout le monde.

(Blaisot, les danseurs et les ménétriers sortent.)

RICHARD, *après la sortie du ballet.*

Mon père, avant qu'il soit nuit, je cours embrasser mon
oncle.

GERVAIS.

Bien, mon fils, je suis sûr qu'en te r'voyant, l'cher frère
n'sentira pas sa goutte. Mais nous allons avec toi. Qu'en dis-
tu, not' femme ?

JULIENNE.

Pardi, je le veux bien. Annette, tu vas rester, ma fille. Tu
sais ce que tu as à faire.

ANNETTE.

Soyez tranquille, Madame Gervais.

RICHARD, *à Annette.*

Aimable amie, nous ne serons pas longtemps absens.

ANNETTE.

Au revoir, M. Richard.

GERVAIS.

Mon bras, femme.

JULIENNE.

Va te promener (*prenant le bras de son fils*). Le voilà, le bras
que je ne veux pas quitter de la soirée.

(Gervais, sa femme et leurs fils sortent par la porte du fond. Tandis qu'ils
s'éloignent par le bas, Evrard paroit sur la colline, et on le voit la descendre, en regardant sans cesse autour de lui.)

SCENE XII.

ANNETTE, ensuite EVRARD.

ANNETTE.

Dépêchons-nous de ranger cette argenterie, pour que Mad.
Gervais ne dise plus... (*Elle ramasse les couverts sur un des
côtés de la table, et paroit les compter.*) Que je l'aime, ce cher
M. Richard !

(Evrard, couvert d'une mauvaise redingotte, sous laquelle est une veste d'uniforme, un chapeau rabattu sur les yeux, entre en hésitant.)

EVRARD.

C'est bien ici la ferme.

ANNETTE, *qui a le dos tourné à Evrard.*

C'est bon , le compte y est.

EVRARD.

O ciel ! n'est-ce pas là ma fille ? Si je pouvois lui parler sans témoins.

ANNETTE, *commençant à mettre l'argenterie dans le panier.*

Oh ! c'est un charmant jeune homme !

EVRARD.

C'est elle !

ANNETTE, *de même.*

Et tout à l'heure, à cette table, comme il me juroit tout bas de faire mon bonheur !

EVRARD.

Son bonheur ! pauvre enfant, et je viens... (*se cachant le visage de ses mains*). O dieu !

ANNETTE, *se retournant effrayée.*

Ah ! — Quel est cet homme? On diroit qu'il pleure (*s'approchant timidement*). Monsieur... puis-je savoir ?...

EVRARD , *se découvrant et avec douleur.*

Cher enfant !

ANNETTE , *avec éclat.*

Mon père ! (*Elle rejette sur la table le dernier couvert qu'elle alloit mettre dans le panier , et se précipite au cou de son père.*) C'est vous , mon père ! Ah ! que je suis heureuse !

EVRARD.

Chut ! ma fille, parlons bas.

ANNETTE.

Quoi ? vous craignez que je fasse éclater ma joie, quand il y a si longtemps...

EVRARD.

Silence , te dis-je !

ANNETTE.

Ah ! mon dieu ! pourquoi donc ?...

EVRARD.

Apprends le plus affreux malheur. Hier au soir , notre régiment arrive à Paris. Je demande à mon capitaine une permission de deux jours , pour venir t'embrasser. Mon capitaine , soit caprice , soit nécessité de se conformer à des ordres supérieurs , me refuse. J'insiste, il me répond durement ; j'ose lui reprocher sa cruauté , dans des termes sans doute peu mesurés. Alors , irrité de mon audace , misérable , s'écrie-t-il, en levant sa canne sur moi ! Outré de fureur à cet affront sanglant, j'oublie un moment la subordination qu'un soldat doit à ses chefs ; je

tire mon sabre et j'allois frapper peut-être , si des camarades ne
s'étoient empressés de me retenir.

ANNETTE.

Eh bien , mon père ?

EVRARD.

Tu vas frémir, ma chère Annette , quand tu sauras que cette
énorme faute est un crime que les lois militaires punissent de
mort.

ANNETTE.

Grand dieu !

EVRARD.

Tu penses bien que l'ordre a été donné de m'arrêter. Mais
grâce à quelques amis, j'ai su m'échapper. Le brave Francœur,
l'un de mes plus chers camarades , qui est de Paris . m'a conduit chez ses parens où j'ai passé la nuit. Avec ce qu'il me restoit de l'argent que tu m'as dernièrement envoyé , cher enfant,
j'ai fait acheter ce vêtement qui me déguise , et ce matin , à la
pointe du jour , mon ami Francœur m'a conduit jusqu'à la bar-
rière , où nous nous sommes quittés en pleurant et sans espoir
de nous revoir jamais.

ANNETTE.

Ah! mon père , espérons encore...

EVRARD.

Non , ma fille. Cela n'est pas possible. Je sais que le conseil
de guerre a dû s'assembler ce matin et à l'heure où je te parie;
plus de doute que l'arrêt de mort ne soit prononcé. La loi est
formelle.

ANNETTE.

Eh bien , restez avec nous , mon père. Nulle part vous ne
serez aussi en sûreté que sous la garde de votre fille. M. Gervais ,
sa femme , son fils seront , j'en suis certaine...

EVRARD.

Que dis-tu, mon enfant ? Moi, j'irois compromettre les
bienfaiteurs de ma fille! Non, non, ce village est trop près
de Paris , j'y serois infailliblement découvert. Écoute, Annette,
puisque j'ai pu te rencontrer seule , promets moi, jure moi que
tu ne révèleras à qui que ce soit ni mon imprudence , ni ma
condamnation.

ANNETTE.

Quoi ? pas même à M. Gervais !

EVRARD.

Pas même à M. Gervais. Je t'en conjure par ce qu'il y a de
plus sacré , si tu veux sauver ton père , lui épargner l'horreur

du désespoir, garde-toi de révéler son fatal secret. Me le promets-tu ?

ANNETTE.

Je vous le jure, mon père.

EVRARD.

C'est particulièrement pour toi que je l'exige, cher enfant. Tu m'as confié tes espérances. Il importe donc que ni Richard, ni ses parens, n'apprennent jamais le malheur de ton père, et cela sera facile. Je ne suis connu au régiment que sous le nom d'Evrard ; ici, l'on ne me connoît que sous celui de Grand-ville, mon véritable nom. La condamnation du pauvre soldat Evrard n'excitera l'attention de personne, et tes amis en au-roient connoissance, qu'ils seroient encore loin de penser que ce malheureux est Grandville.

ANNETTE.

Ah ! mon père ! s'il est vrai que rien ne peut vous sauver que la fuite et un éternel exil, toute idée de bonheur est éva-nouie pour moi. J'abandonne ces lieux, je ne veux plus vous quitter, je m'attache à vos pas ; toujours à vos côtés, je ne res-pirerai que pour veiller à votre sûreté, je serai toujours là pour vous avertir du danger, déjouer toutes les recherches, et s'il m'est refusé de pouvoir vous soustraire au coup fatal... (*en pleurant*). Eh bien, je veux être encore là pour mourir de dou-leur, en recueillant le dernier soupir de mon père.

EVRARD.

Aimable enfant ! ô ma fille ! (*Il la serre sur son cœur.*) Non, non, le ciel me préserve d'accepter ton noble dévouement. Songe donc, imprudente, qu'il me perdroit au lieu de me sauver. Vouloir fuir ensemble, c'est doubler la difficulté d'y réussir, c'est rendre la fuite presque impossible. Mais seul, je puis bien plus facilement échapper au danger que tu redoutes pour moi. En ne marchant que de nuit, par des chemins détournés, me reposant le jour dans les bois, je pourrai gagner et franchir la frontière. Si j'y parviens, une lettre t'apprendra que je suis en sûreté. Mais... dans le cas contraire...

ANNETTE, *vivement.*

Non, non ! — Vous m'écrirez, mon père, j'en ai le pressen-timent. Ah ! mon dieu ! on vient ! — C'est le Bailli.

EVRARD.

Cruel contre-temps ! j'avois encore à te demander... Il faut absolument... Où me cacher ?

ANNETTE.

Vous cacher, c'est impossible ; car le voici. Tenez, asseyez-vous au coin de cette table, et tâchez qu'on ne voye pas votre veste d'uniforme.

Evrard ferme sa redingotte et se place au bout le plus éloigné de la table.)

SCENE XIII.

LE BAILLI, ANNETTE, ÉVRARD.

LE BAILLI, *s'arrêtant à la porte du fond.*

Oh oh ! la voila ! j'ai vu de loin M. et Madame Gervais et leur fils qui alloient vers la place. J'arrive donc à propos, pour trouver seule la charmante Annette.

ANNETTE *à son père, lui versant du vin.*

Allons, mon brave homme, prenez ce verre de vin. Cela vous remettra le cœur et vous pourrez continuer votre route.

LE BAILLI, *s'approchant.*
Bon jour, bon jour, la belle enfant.

ANNETTE.
Votre servante, M. le Bailli.

LE BAILLI.
Quel est donc cet homme ?

ANNETTE.
Oh ! c'est un pauvre voyageur, qui vous auroit fait pitié, quand il est entré, à peine pouvoit-il se soutenir. Je l'ai invité à se reposer et je lui ai donné à boire.

LE BAILLI.
C'est bien, très-bien, mon enfant, toujours charitable, compatissante ! donner à boire à qui a soif, c'est suivre un des premiers préceptes... (*lui prenant la main.*) Eh eh eh ! j'ai aussi une bien grande soif, ma petite amie, si vous vouliez de même...

ANNETTE, *voulant aller à la table.*
Eh ! que ne parliez-vous, M. le Bailli, je vais...

LE BAILLI, *la retenant.*
Non, non, vous ne me comprenez pas. La soif qui me tourmente... (*à part.*) Ne l'effarouchons pas d'abord.

ANNETTE, *allant à Évrard.*
Eh bien, bon père, l'avez-vous trouvé bon ? (*bas.*) Feignez de dormir. (*revenant au Bailli.*) Vous désirez sans doute parler à M. et Madame Gervais, ils viennent de sortir avec M. Richard.

LE BAILLI.
En effet, je venois leur témoigner mes regrets de n'avoir pu... Mais ils rentreront et je ne suis pas pressé.

(Évrard s'arrange pour avoir l'air de dormir ; mais il relève de temps en temps la tête, pour entendre et observer ce qui se passe.)

ANNETTE.
Pardon, M. le Bailli, je ne peux pas vous tenir compagnie, il faut que j'aille et vienne. Vous voyez bien que tout est encore

en désordre sur cette table ; ainsi, croyez - moi, ayez la complaisance...

LE BAILLI.

Non, poulette, je n'aurai pas la complaisance de laisser échapper l'occasion de... Mais cet homme va-t-il rester là un siècle ? Vous devriez...

ANNETTE.

Vous ne voyez donc pas qu'il s'est endormi. Laissez, laissez, il en a tant besoin !

LE BAILLI, *à lui-même.*

S'il dort, à la bonne heure. (*à Annette.*) Ma chère Annette, il y a bien long-temps que je guette le moment de vous trouver seule, pour vous exprimer... Allons, ne vous fâchez pas.
(Évrard relève sa tête.)

ANNETTE.

Vous devez savoir, Monsieur, que ces discours là me déplaisent.

LE BAILLI.

Petite rusée ! ces jeunes filles ! voila toujours leur réponse : *Laissez-moi, Monsieur, vos discours me déplaisent.* Eh eh eh ! avoue-le moi, friponne, ton petit amour-propre triomphe de voir qu'un Bailli même n'a pu résister à tes charmes, et qu'il est forcé d'avouer sa défaite. Eh bien oui, chère Annette, je t'aime, je t'adore, j'en perds la tête !

ÉVRARD, *à part.*

L'insolent !

ANNETTE, *à part.*

Comment me débarrasser...

LE BAILLI, *à part.*

Elle est troublée, je crois. Bon, bon, tant mieux. (*haut.*) Allons, mon bel ange, dis-moi que ce modeste embarras est l'effet de la disposition où tu es de répondre à ma tendresse, dis-moi... Oh oh ! que me veut mon domestique ?

SCENE XIV.

GEORGET et les Précédens.

GEORGET.

M. le Bailli, c'est votre greffier, M. Duretête, qui dans la crainte que vous n'rentriez trop tard, vous envoye c'paquet. C'est très-pressé, dit-il.

LE BAILLI.

Ah ah ! — Qui l'a apporté ?

GEORGET.

Un cavalier de maréchaussée.

ANNETTE, *à part, avec effroi.*

De maréchaussée !

LE BAILLI

Voyons, voyons donc cela. Laisse-moi , Georget. (*Georget sort.*)

SCENE XV.

LE BAILLI, ANNETTE, ÉVRARD.

ANNETTE, *à part.*

Un cavalier de maréchaussée ! si c'étoit...

LE BAILLI, *cherchant sur lui*

Eh bien , mes lunettes.. où sont donc mes lunettes ? Étourdi que je suis ! allons , je les ai laissées chez moi — Voyons , si je pourrai sans cela... (*Il essaye de lire en tenant le papier loin de ses yeux*) « M. le Bailli... Hum hum , signalement... Soldat... » Evrard. . »

ANNETTE ɪᴛ ÉVRARD, *en même-temps.*

O ciel !

LE BAILLI.

C'est décidé, je ne peux plus lire sans lunettes ; mais je vois que ce n'est qu'un signalement de quelque déserteur, je puis bien... Eh ! tenez, ma chère Annette, puisque je vous trouve là , faites moi le plaisir de lire ceci.

ANNETTE.

Moi ? Et que ne retournez-vous chez vous ?

LE BAILLI.

Ce n'est pas la peine, lisez, je vous en prie.

ANNETTE , *à part, prenant le papier en tremblant.*

Voyons donc si tout espoir est détruit. (*lisant.*) « M. le » Bailli. je vous adresse le signalement d'un soldat du régiment » de Champagne... (*d'une voix altérée.*) Condamné à mort ce » matin, par le conseil de guerre. »

ÉVRARD , *à part.*

J'en étois sûr !

ANNETTE , *lisant.*

» Il se nomme... »

LE BAILLI.

Bagatelle que cela. Ah! parbleu , s'il falloit s'apitoyer ainsi sur chaque... Continuez, continuez. (*à part.*) Elle est charmante , avec son petit air attendri ! vraiment, plus je la regarde...

ANNETTE.

O mon dieu ! tout seroit perdu si je lisois ceci : 42 ans, 5 pieds 2 pouces...

LE BAILLI.

Eh bien ? est-ce que vous ne pouvez pas lire ?

ÉVRARD , *à part.*

Pauvre enfant !

ANNETTE.

L'écriture est si mauvaise...

LE BAILLI.

Comment donc ? Elle m'a paru superbe. (*cherchant encore dans ses poches.*) Si mes lunettes...

ANNETTE, *vivement.*

Permettez. (*à part.*) Le ciel m'inspire peut-être ! (*haut en lisant.*) « Il se nomme... Evrard, âgé de 24 ans. » (*Evrard écoute avec intérêt.*)

LE BAILLI.

Ah ah! c'est un jeune homme.

ANNETTE, *lisant.*

« Taille de 5 pieds... 11 pouces.

LE BAILLI.

Diable ! c'est dommage. Poursuivez.

ANNETTE, *lisant.*

» Yeux bleus, cheveux et sourcils... blonds. »

LE BAILLI.

Eh mais, c'est donc un adonis que ce garçon là !

ANNETTE, *à part.*

Il aura le temps de s'éloigner du moins.

LE BAILLI.

Cheveux et sourcils blonds ; après ?

ANNETTE, *lisant.*

« Uniforme blanc, à paremens bleus. (*regardant son père* « *qui a des guêtres noires.*) Guêtres blanches. Ne négligez rien, « M. le Bailli, pour le faire arrêter, s'il passe dans votre ju- « risdiction. Ci jointes des copies du présent signalement... »

LE BAILLI, *reprenant le paquet.*

Ah ! oui, pour les différens postes de la maréchaussée. Je les expédierai ce soir. (*Il se retourne et Evrard n'a que le temps de reprendre sa position.*) Voyons donc si par hasard. (*il s'approche d'Evrard et lui frappant sur l'épaule.*) L'ami ?

ANNETTE, *à part.*

Ah ! mon dieu !

LE BAILLI *à Evrard qui paroît s'éveiller.*

Faites-moi le plaisir de vous tenir debout. Otez votre chapeau.

ANNETTE, *à part.*

Je ne me soutiens plus !

LE BAILLI, *à lui-même, après avoir examiné Evrard.*

24 ans, 5 pieds 11 pouces ! cheveux blonds ! (*riant.*) Ah ! parbleu, je m'adressois bien. (*à Evrard.*) Laissez-nous, mon ami.

ANNETTE , *à part.*

Je respire ! (*s'approchant de son père.*) Allons, bon voyage, bon voyage, mon brave homme. *(bas et vite.)* Jusqu'à ce qu'il soit sorti , cachez-vous là.

(Elle lui indique les arbres à droite et Evrard va s'y cacher.)

LE BAILLI , *serrant ses papiers.*

Ma foi , soldat Evrard, tout jeune et joli garçon que vous êtes , je vous plains , si votre mauvaise étoile permet que je vous rencontre.

ANNETTE.

Mais , M. le Bailli, si vous vouliez me laisser finir mon ouvrage enfin.

LE BAILLI.

Très-volontiers , mon ange , mais à une condition, c'est que tu vas me promettre de répondre à mon amour et m'accorder pour gage un seul petit baiser.

EVRARD , *reparaissant au bord de la coulisse.*

Morbleu ! je... *(Il se retire vivement sur un signe de sa fille).*

LE BAILLI.

Hein ? *(Il regarde autour de lui).*

ANNETTE , *à part.*

Il s'est trahi !

LE BAILLI , *cherchant de tous côtés.*

Quelqu'un a parlé ici.

ANNETTE , *à part, appercevant la pie sur une branche.*

Ah ! (*haut, montrant la pie*). Tenez donc , M. le Bailli...

LE BAILLI.

Ah ! c'est la pie de Madame Gervais, la maudite bête qui vient mal à propos... Mais, Annette , je n'oublie pas la condition que j'ai mise à mon départ. (*Il veut l'embrasser*).

ANNETTE , *l'écartant fièrement.*

M. le Bailli !

LE BAILLI.

Diable ! quelle fierté ! sais-tu que ton petit air de princesse est à mourir de rire ? Aussi, il ne m'effraye pas. Je veux absolument....

ANNETTE , *le repoussant.*

Arrêtez, où je vais... (*Evrard se remontre et paroît prêt à éclater.*)

LE BAILLI, *riant.*

Comment ? comment ? des menaces! Ah! parbleu, je suis curieux de voir qui pourroit m'empêcher...

ANNETTE, *regardant son père.*

Quelqu'un qui sauroit punir votre insolence.

LE BAILLI.

Qu'entends-je?

ANNETTE, *avec fermeté.*

Je vous en prie, Monsieur, retirez-vous.

LE BAILLI, *en colère.*

Est-ce bien à moi que ce discours s'adresse?

ANNETTE.

Oui, bailli, à vous-même.

LE BAILLI, *furieux.*

Une servante, oser me traiter ainsi ! moi, Chrisostôme–Athanase du Rocher, bailli de Palaiseau! Malheureuse ! tu ne crains pas ma colère ! crois-tu donc que je n'ai pas deviné la cause de tes mépris? C'est Richard que tu aimes, c'est Richard que tu espères peut-être... Adieu, la belle, tremble d'apprendre quelque jour à tes dépens ce qu'il en coûte d'outrager un bailli. *(Il sort en grondant entre ses dents.)* Une servante ! oh ! c'est un...

SCENE XVI.

ANNETTE, EVRARD.

EVRARD.

Le misérable ! et il m'a fallu dévorer cet affront !

ANNETTE.

Calmez-vous, mon père. Si je n'avois pas eu à trembler pour vous, il m'eût été facile d'arrêter son insolence. Je n'avois qu'à appeler, et sur le champ... mais, nous voilà seuls, achevez, vous aviez encore à me demander, disiez-vous...

EVRARD.

Écoute, ma fille. Il me reste à te prier de... je suis sans argent.

ANNETTE.

Ah ! mon dieu, et moi qui dans ce moment ne possède rien !

EVRARD.

Je le sais. Il y a trop peu de temps que tu m'as envoyé tes petites épargnes. Hélas ! de toute mon aisance passée, il ne me reste que ceci: c'est un couvert d'argent dont ta pauvre mère se servoit encore le jour que je l'ai perdue. C'est là le seul..., *(Il s'essuie les yeux).*

ANNETTE, *prenant le couvert et le baisant en pleurant.*
Ma mère !

EVRARD.

J'espérois bien le garder toute ma vie, mais l'impérieux besoin

le commande. Tâche de le vendre d'ici à demain matin au plus
tard; mais bien secrètement surtout. J'ai remarqué à quelque
distance du village, un vieux saule que le temps a creusé.

ANNETTE.

Je le connois.

EVRARD.

C'est-là que tu déposeras l'argent que tu pourras en avoir. Je
vais passer la nuit dans l'endroit le plus fourré du bois, et toi,
fais ensorte que demain, à la pointe du jour, je trouve l'argent
dans le vieux saule.

ANNETTE.

A la pointe du jour! je ne sais s'il me sera possible... Attendez!
(à elle-même). Ce juif qui est venu tantôt... *(à part).* Mon
père, ce soir même peut-être... oui, n'attendez pas le jour pour
aller visiter le vieux saule.

EVRARD.

Ah! cela vaudroit bien mieux encore. Adieu, chère enfant!
puisse ce baiser n'être pas le dernier que te donne ton malheureux père!

ANNETTE, *se jetant dans ses bras.*

Ah! mon père...

(Evrard s'arrache de ses bras avec effort, et s'éloigne. Annette le conduit
jusqu'à la haie, où elle l'embrasse encore.)

ANNETTE.

Adieu... adieu, mon père!

(Tandis qu'elle envoie les derniers baisers à son père, qu'on voit monter la
colline, la pie descend sur la table, enlève un cuiller d'argent et s'envole.
Le rideau tombe sur ce tableau.)

Fin du premier Acte.

ACTE II.

(Le Théâtre représente une salle de la ferme; au fond une porte et deux
croisées qui donnent sur la rue : les croisées ont des volets ; on voit un
buffet , quelques chaises de paille et une table ; sur le buffet est le panier à
l'argenterie, et sur la table plusieurs piles d'assiettes, des verres, etc.; dans
un des coins de la salle est attachée la cage de la pie.)

SCENE PREMIERE.

ANNETTE , *seule.*

(Le jour vient de paroître. Au lever du rideau , la rampe est encore baissée,
les volets sont encore fermés, mais on voit par la porte du fond, qui est
entr'ouverte, qu'il fait jour au dehors.)

ANNETTE , *à la porte du fond , regardant sur la place.*

Ce misérable juif! il s'en va vraiment!... Comment n'a-t-il
pas de honte de m'offrir si peu? Que feroit mon père d'une si
petite somme? et cependant le temps presse. Si ce juif ne revient
pas , il faudra que j'aille le retrouver et en passer par ce qu'il
voudra. Mais, voilà qu'il fait tout-à-fait jour ; commençons par
ouvrir ces volets, ensuite j'irai... *(Elle continue de parler en ou-*
vrant les volets. A mesure qu'ils s'ouvrent, la rampe se lève et le
théâtre s'éclaire entièrement.) Pourquoi ce vilain juif n'étoit-il
pas à son auberge hier au soir? Si mon père ne trouve pas même
ce matin l'argent dans le vieux saule , que fera-t-il? Attendra-t-
il jusqu'à la nuit prochaine pour se remettre en route? Il le faudra
bien ; car, il pensera sûrement qu'il m'a été impossible... Ah! je
crois que le juif revient ici. Pour peu qu'il m'offre quelque chose
de plus...

SCENE II.

ANNETTE, ISAAC.

ISAAC.

Matémiselle, ché tonne quatre pétites écus; ché poufoir pas
plis davantache.

ANNETTE.

Douze francs! mais, ce n'est pas encore le tiers de sa valeur.
Il faudroit que je l'eusse volé pour cela.

ISAAC.

Li être pas mon affaire.

ANNETTE.

C'est une indignité.

ISAAC.

Eh pien, ché tonne cinq.

ANNETTE.

Allez vous promener.

ISAAC.

Ché y fas, matémiselle. (*Il fait quelques pas.*)

ANNETTE, *à part.*

Allons, il faut finir.

ISAAC, *revenant.*

Écoutez, matémiselle, parceque fous li être cholic, ché tonne six.

ANNETTE, *lui tendant le couvert.*

Eh bien, prenez.

ISAAC.

Méchante, qui fouloir pas moi gagnir ma paufre fie! (*à part*). Ché allois tonner sept. (*Il tire trois écus de six francs d'un petit sac.*)

ANNETTE, *avec impatience.*

Finissez donc; il peut venir quelqu'un, et je ne voudrois pas...

ISAAC.

C'est jiste, ché comprendre pien... (*comptant*) ine....dess... et troisse. Foilà, ma peile, foilà. (*regardant dans sa main*). Li être pien trois grosses écus?

ANNETTE.

Oui, oui, trois écus de six livres. Partez, partez vite.

SCENE III.

Les précédens, BLAISOT.

BLAISOT, *paraissant dans le fond à la fenêtre.*

Tiens! qu'est-ce qu'elle fait là, avec ce...

ISAAC.

Ponchour, matémiselle.

ANNETTE, *le poussant.*

Bonjour, bonjour. (*appercevant Blaisot.*) Ah! Blaisot, c'est toi! (*Isaac s'éloigne.*)

SCENE IV.

BLAISOT, ANNETTE.

BLAISOT, *entrant.*

Queuqu'c'est donc, mam'selle Annette? par queul hazard...

ANNETTE, *mettant l'argent dans sa poche.*

C'est que j'avois besoin d'argent et je viens de vendre à cet homme...

BLAISOT.

J'entends, queuqu'bijou, queuque...

ANNETTE.

Oui, qui ne m'étoit d'aucune utilité pour le moment.

BLAISOT.

J'parie qu'vous li aurez donné ça pour rien. Car, i'sont si juifs, ces juifs! vous auriez bien mieux fait de m'parler, j'vous en aurois prêté d'l'argent.

ANNETTE.

Oh! mon ami, aurois-je voulu...

BLAISOT.

Laissez donc, est-ce que j'n'ai pas mon boursicot? Je n'sais pas au juste c'qu'il y a, parce que c'est encore dans la tirelire; mais, pour vous, mam'selle Annette, j'l'aurions morguenne cassée tout d'suite en mille pièces.

ANNETTE.

Je te remercie; mais, laisse-moi, Blaisot, j'ai tant de choses à faire ce matin...

BLAISOT.

Et moi donc! n'ai-je pas aussi... au r'voir, mam'selle Annette. (*Il sort en courant*).

SCENE V.

ANNETTE, ensuite RICHARD.

ANNETTE.

Allons déposer cet argent dans le vieux saule. Mon pauvre père... (*appercevant Richard*). Ah!

RICHARD.

Ma chère Annette.

ANNETTE.

Déjà levé, M. Richard! (*à part.*) Comment faire?

RICHARD.

Je n'ai pu fermer l'œil. Le plaisir de revoir mes parens, la joie de retrouver mon Annette toujours tendre, toujours fidèle; l'énivrant espoir de la nommer bientôt mon épouse, tous ces délicieux sentimens m'ont agité au point, pendant toute la nuit, qu'il ne m'a pas été possible d'obtenir un instant de repos. Et toi, mon aimable amie, comment...

ANNETTE.

Ah! M. Richard, je n'ai pas dormi plus que vous. Mais...

RICHARD.

Qu'est-ce donc? tu me parois pâle, abbatue; tes yeux... tu as pleuré, ma chère Annette!

ANNETTE.

Moi, Richard... je vous assure... (*à part*) et l'infortuné qui m'attend !

RICHARD.

Eh mais, ton trouble... Annette, tu me caches quelque chose.

ANNETTE.

Non... non, je n'ai rien ; mais il faut que je sorte. Au revoir, mon cher Richard.

RICHARD, *la retenant.*

Un instant. Tiens, je devine peut-être. C'est ma mère qui t'aura fait encore de la peine.

ANNETTE.

Votre mère... (*à part.*) Laissons le lui penser. (*Haut.*) Votre mère, Richard... Je crains bien qu'e le ne veuille jamais nommer sa fille, celle d'un pauvre et simple soldat.

RICHARD.

Et que suis-je donc, moi? un simple soldat aussi. Est-il état plus honorable que celui où l'on se dévoue au service de son prince et à la défense de son pays, où l'on jure de verser, s'il le faut, tout son sang pour eux. Mais, écoute, Annette : ma mère m'aime tant, que je suis sûr qu'elle ne voudra pas faire mon malheur.

ANNETTE.

Cependant, je tremble... (*à part.*) L'heure s'écoule !

RICHARD.

Tiens, voici mon père qui te dira comme moi...

SCENE VI.

RICHARD, GERVAIS, ANNETTE.

GERVAIS.

Ah, ah ! déjà ensemble ! c'est fort bien, mes enfans. (*Serrant la main de son fils.*) Bonjour, Richard, bonjour mon garçon.

ANNETTE. *à part.*

Qu'il m'en coûte de dissimuler avec eux !

GERVAIS.

Ah ça, quelle heure est-il donc ?

RICHARD.

Mais, je crois bien qu'il n'est pas loin de six heures, mon père.

GERVAIS.

Ah ! diable.

ANNETTE, *à part.*

Six heures ! il sera trop tard !

GERVAIS.

Eh mais, j'ai fait le paresseux, moi. Aussi, c'est ta faute, mon fils. On dort si bien quand l'cœur est content.

RICHARD.

Apparemment que tout le monde n'est pas de même, car je n'ai pas dormi du tout.

GERVAIS.

Parbleu, c'est bien étonnant ! à ton âge aussi, moi... Eh, eh, eh ! faut convenir que c't'amour est un terrible réveil-matin.

ANNETTE, *à part.*

Si je pouvois m'échapper tandis que... *(Elle gagne doucement la porte).*

GERVAIS.

Pas vrai, ma chère Annette? Eh ben, qu'est-ce que tu fais là à une lieu de nous? Approche donc ici, ça te r'garde c'que j'disons là. Allons donc, quitte moi c'te mine sérieuse, ça n'te va pas ma fille. *(leur prenant à chacun un bras qu'il passe sous les siens).* Écoutez, écoutez, que j'vous dise... il nous faut dès aujourd'hui attaquer Madame Gervais au sujet d'vot'mariage, mes enfans.

RICHARD, *avec joie.*

Oui, mon père, attaquons, attaquons.

ANNETTE, *à part.*

Hélas !

GERVAIS, *à Annette.*

N'aie donc pas peur, petite sotte. *(à Richard.)* D'abord, elle va crier; oh ça, faut s'y attendre. Elle en dira, elle en dira ! eh ben, laissons-la défiler son chapelet; quand elle aura tout dit, nous parlerons, nous. Quand j'dis nous, c'est toi, Richard, qui commenceras.

RICHARD.

Et pourquoi pas vous, mon père?

GERVAIS.

Non pas, jarni ! ça seroit tout gâter. J'connois Julienne, c'est bien la meilleure femme ! mais il suffit que j'veueille une chose avant elle pour que... Enfin c'est ainsi que l'bon dieu l'a faite; il n'y a pas de r'mède à ça.

(Annette dégage doucement son bras, sans qu'il s'en aperçoive.)

RICHARD.

Eh bien, mon père, je parlerai d'abord.

GERVAIS.

C'est ça. Moyennant l'amitié qu'elle te porte, tu pourras mieux

qu' tout autre...et puis nous lui ferons bien entendre qu'Annette , toute pauvre qu'elle est, a cent fois plus d' mérite pour
faire une bonne femme que... (*En ce moment Annette, qui
s'étoit rapprochée de la porte, s'échappe en courant.*) Eh bien ,
eh bien où court-elle donc. *(appelant.)* Annette? Annette?.
Ah bon , v'la not'femme qui nous la ramène.

RICHARD , *à part.*

C'est singulier ! son empressement à nous quitter...

SCENE VII.

JULIENNE *ramenant Annette* et les Précédens.

JULIENNE.

Ah ah ! et où couriez-vous donc comme cela ? Est-ce qu'il n'y
a plus rien à faire ici ? — Ah ! bon jour, Richard, comment va,
mon enfant ?

RICHARD.

Parfaitement, ma mère , mais vous...

JULIENNE , *regardant autour d'elle.*

Bien , bien, mon fils. — Eh mais, mon dieu, Annette, à quoi
vous amusez-vous donc ? Ces assiettes. ces verres , tout cela
est encore...Mais c'est épouvantable ! voyez donc , Mademoiselle laissoit ici tout à l'abandon, pour courir je ne
sais où , c'est affreux , on n'a jamais vu...*(à Gervais et à son
fils.)* Eh bien, qu'est-ce que vous avez à vous regarder l'un
l'autre ? N'avez-vous rien de mieux à faire qu'à rester-là pour
me contrôler , dans mes tracas de ménage ?

GERVAIS.

Eh ben , eh ben , j'allons t' laisser, femme.

JULIENNE.

A la bonne heure. *(Elle va ranger quelque chose sur le buffet.)*

ANNETTE , *à part.*

Allons , il faut y renoncer pour ce moment.

GERVAIS, *bas à son fils.*

Richard, remettons la partie. Tu vois que le temps est à
l'orage ; faut attendre l' premier rayon d' soleil. (*haut.*) Viens,
Richard , viens m'aider à rentrer c' tas d' gerbes qui a passé la
nuit dans la cour ; parcequ' hier soir....Dame ! c'est tout simple.
bas.) Crois-moi, laissons lui passer son humeur.

RICHARD.

Mais Annette...

GERVAIS.

Elle y est accoutumée. Allons, viens. (*Ils sortent.*)

SCENE VIII.

JULIENNE , ANNETTE.

JULIENNE.

Ah ça , qu'est-ce qu'ils avoient donc à se parler tout bas ?
Annette , vous en savez quelque chose peut-être.

ANNETTE.

Moi , Madame !

JULIENNE.

Hum ! il y a des projets qu'on me cache; mais si l'on espère se
passer de moi, on se trompe. Dieu merci, je n'ai pas une langue
pour me taire , ni une tête pour faire les volontés des autres ,
non ! mais laissons cela, et vous , Mademoiselle , aidez moi
vîte à tout remettre à sa place. J'espère qu'il y a eu assez de
désordre hier. Allons , rangez ces assiettes , ces verres. Où est
le panier à l'argenterie ?

ANNETTE , *montrant sur le buffet.*

Le voila , Madame...

JULIENNE.

C'est bon , je vais examiner. . (*elle compte l'argenterie et parle
alternativement, tandis qu'Annette porte de la table dans le
buffet plusieurs piles d'assiettes.*) Il faut convenir qu'ils ont
joliment fêté mon cher Richard. Ce pauvre Lucas en a-t-il pris
une bonne dose ! — Et sa femme donc, a-t-elle jasé ? Ah ! mon
dieu .. — Voila bien les onze fourchettes. — Comment peut-on
être aussi babillarde ? Cela me passe, moi. (*comptant les cuillers*)
Une , deux , trois... Et ces jeunes filles... Sept . huit... J'espère
qu'elles s'en sont donné à la danse... Dix . onze... Qu'est-ce que
c'est , onze ? Je me serai trompée sans doute. (*comptant une
seconde fois , et bas d'abord.*) Neuf, dix et onze !— Allons ,
voila qu'il manque une cuiller à présent !

ANNETTE.

Comment ? une cuiller ! (*elle va compter.*)

JULIENNE.

Dame ! comptez-vous même. Il ne faut que onze fourchettes ,
elles y sont ; mais il y avoit douze cuillers.

ANNETTE.

Dix et onze. Je n'en trouve pas davantage, j'y ai pourtant
bien pris garde.

JULIENNE.

Pas encore assez apparemment. Mais voyons , voyons donc , cherchez , voyez sous la table , derrière le buffet , dedans , partout. (*Annette cherche.*) En vérité , c'est incrovable! comment peut-il se faire... (*appelant à la coulisse.*) Gervais ? que fait tu là bas ? viens donc ici , viens donc vîte. — Ah! Blaisot , cours voir sous les arbres où nous avons soupé, et regarde bien , si tu ne trouveras pas une cuiller.

SCENE IX.

GERVAIS , JULIENNE , ANNETTE.

GERVAIS.

Quoi donc ? Quoi donc ? not' femme. Que parles-tu d'une cuiller ?

JULIENNE.

Oui , mon ami , voila aussi une cuiller d'égarée. Eh bien , Annette vous ne la trouvez pas ?

ANNETTE.

Non , Madame. J'ai beau chercher. Oh! mon dieu , mon dieu ! que c'est désagréable !

JULIENNE.

Certainement , certainement , c'est désagréable. Deux objets de cette valeur en quinze jours! c'est bien extraordinaire.

GERVAIS.

Eh ben , eh ben , on la retrouvera c'te cuiller.

JULIENNE.

Il me fera mourir avec son sang froid ! mais tu ne sens donc pas la conséquence. . Oh! mais cette fois ce ne sera pas comme l'autre , je veux approfondir...

GERVAIS.

Allons , te v'la encore! comme s'il falloit absolument r'garder comme volé tout c' qui s'égare dans une maison !

JULIENNE

Non , non , il vaut mieux selon toi , regarder comme égaré tout ce qui se vole ; mais aussi de cette manière là...

SCENE X.

BLAISOT et les Précédens.

BLAISOT , *accourant.*

Ma marraine , j'ai eu beau r'garder , chercher sous les arbres, pas plus d' cuiller que dessus ma main ; mais v'la c' que c'est peut-être : la cuiller aura voulu s'en aller r'trouver sa fourchette.

La Pie.   5

84

GERVAIS.

L'imbécille !

JULIENNE.

Pas tant, pas tant, notre homme. Ce qu'il dit là... (à *Blaisot.*) Ainsi tu as bien regardé ?

BLAISOT.

Pardi ! et Georget donc, l' domestique d' M. l' Bailli, qui m'a dit bon jour en passant, il a bien vu que j' perdois ma peine.

GERVAIS.

Parbleu ! c'étoit bien nécessaire d' conter ça à c' bavard de Georget.

BLAISOT.

Ma fine, Georget me d'mande c' que j' fais là et j' li dis, moi.

JULIENNE.

Il n'y a pas de mal, il n'y a pas de mal que M. le Bailli apprenne... Au surplus, voici mon sentiment, à moi, c'est que le même accident ne peut pas arriver ainsi deux fois de suite, sans que... Enfin on ne m'ôtera pas de la tête que la cuiller n'ait été volée comme la fourchette ; mais quel est le voleur ?

LA PIE.

Annette, Annette.

ANNETTE.

Grand dieu !

JULIENNE.

Hein ? (Qui est-ce qui parle ?)

BLAISOT.

Ah ! par exemple, faut être bon...

GERVAIS, *riant.*

Ah ah ah ! r'gardez, r'gardez, v'là d'où elle vient c'te voix mystérieuse. C'est Margot qui par hasard, comme à son ordinaire... Ah ah ah ! peut-on...

BLAISOT.

Mais voyez donc c'te vilaine bête !

JULIENNE.

Voilà qui est au moins fort singulier.

GERVAIS.

Eh bien, eh bien, Annette ? tu pleures, je crois ! es-tu folle ? Pour qui nous prends-tu d'imaginer que nous irons faire attention à c' qu'un oiseau bavard... (*Annette lui montre Julienne en pleurant.*) Ma femme ? non, non, tu te trompes, Julienne raisonne trop bien, elle a trop d'esprit, d' justice, de bon sens pour... N'est-ce pas, femme ?

JULIENNE, *avec l'air du doute.*

Certainement, mon ami : je suis loin d'ajouter foi... Pardi ! il faudroit être... Non, non, je n'accuse personne ; mais je peux soupçonner tout le monde.

BLAISOT.

Soupçonner tout l' monde! ah! mais doucement, ma marraine, j'en suis, moi, d' tout l' monde, et j'erni...

JULIENNE.

On ne te parle pas, nigaud.

BLAISOT.

Nigaud tant qu'il vous plaira, ça n' me fâche pas ça. On
peut être un nigaud et un honnête garçon tout à la fois; mais
si j' m'entendois dire que j' sis un... Je n' veux pas nommer ça
seulement, car c'est une si grande sottise..... Par la jarni
guienne!

ANNETTE, *avec douleur.*

Eh! mon cher Blaisot, tu ne vois pas que ce n'est pas à toi
qu'en veut Madame Gervais. Non, non, je m'aperçois trop
bien... Juste ciel! il seroit possible...

GERVAIS.

Taisons-nous. M, le Bailli vient ici.

JULIENNE.

Ah! bon. Tant mieux.

SCENE XI.

Les Précédens, LE BAILLI.

LE BAILLI.

Qu'est-ce que c'est donc, mes enfans? Qu'est-ce que Georget
est venu me raconter d'une cuiller qu'on vous auroit encore
volée? Oh! soyez tranquilles. Je viens de faire dire à mon
greffier, Durelête, de venir me rejoindre ici. Il faut absolument...

GERVAIS.

Pas du tout, pas du tout, M. le Bailli. Je n'emploie chez
moi que d'honnêtes gens, et l'on ne m'a rien volé.

LE BAILLI.

Cependant...

JULIENNE.

Notre homme ne sait ce qu'il dit. Il nous manque ce matin
une cuiller. Il faut qu'on sache ce qu'elle est devenue. M. le
Bailli aura donc la complaisance de faire ici le devoir de sa
charge.

LE BAILLI.

Judicieusement pensé, Madame Gervais. Comment donc?
Il y a quinze jours, c'étoit une fourchette, et aujourd'hui...
Allons, cela est clair, le délit existe, il y a récidive. Nous
allons interroger tout le monde, dresser le procès-verbal...

GERVAIS.

Eh non! eh! non, M. le Bailli, ce n'est pas la peine. Je
ne veux pas qu'on griffonne du papier pour si peu d'chose.

JULIENNE.

Et moi , je le veux, Gervais. M. le Bailli a raison , il n'y a
pas de mal qu'on fasse une petite perquisition , quand ce ne
seroit que pour savoir à quoi nous en tenir. Si le coupable se
découvre , eh bien, alors , on n'est pas des turcs et l'on saura
ce qu'il y aura à faire.

LE BAILLI.

Oh ! mon dieu , la plus petite chose du monde ; on le pendra
et il n'en sera plus question.

BLAISOT.

Il appelle cela une petite chose , M. l'Bailli !

GERVAIS, *bas à Julienne.*

Vois-tu , vois-tu , Julienne , de quoi tu serois cause si...

JULIENNE.

Eh ! laisse-moi donc , tu ne vois pas , toi , que M. le Bailli
plaisante.

LE BAILLI, *regardant vers la rue.*

Eh bien, viendra-t-il ce Duretête ? (*appercevant Annette.*)
Ah ! ah ! vous voilà, Mademoiselle Annette. Je vous donnerai
encore des signalemens à lire , vous vous en acquittez...

GERVAIS.

Qu'est-ce que c'est donc ?

LE BAILLI.

Oh ! c'est une plaisanterie assez déplacée que Mademoiselle
s'est permise hier...

ANNETTE.

Pardon , ce n'étoit pas à moi , M. le Bailly , à compromettre
auprès de vous la sûreté d'un malheureux.

LE BAILLI.

Belle sûreté , ma foi ! qui pouvoit ne durer que le temps d'aller
chez moi reprendre mes lunettes.

ANNETTE.

Et si d'ici chez vous, vous aviez passé à côté de lui sans vous
en douter ?

LE BAILLI, *riant.*

Ah ! parbleu , le tour eut été bon ! mais je doute fort que
votre protégé Evrard ait pu vous avoir une si grande obligation.
Ah ! ah ! voici Duretête.

SCENE XII.

Les Précédens , DURETÉTE.

LE BAILLI.

Approchez , M. Duretête. Nous avons de la besogne ici (*bas* à *Duretéte*). Avez-vous averti les gendarmes ? (*Duretéte lui répond bas*) à deux pas ? et Georget est avec eux ? Bien, bien (*haut*). M. et Madame Gervais, faites-moi le plaisir de vous asseoir.

GERVAIS.

Mais M. le Bailli...

JULIENNE.

Allons, allons, notre homme, je suis curieuse de voir comment M. le Bailly s'y prendra pour découvrir.. Assieds-toi donc.

(Elle s'assied. Gervais s'assied à côté d'elle. Le Bailli se place au coin de la table, et Duretéte au milieu, où on le voit préparer son papier et son écritoire.)

LE BAILLI, *à Duretéte.*

Ecrivez le préambule. Aujourd'hui ce... et cætéra (*à Julienne*). Nous allons commencer par ceux de vos gens qui sont ici présens.

BLAISOT.

Interrogez, M. l'Bailli. J'n'ai pas peur, mordienne !

ANNETTE.

Ni moi certainement, Madame Gervais.

LE BAILLI, *à Duretéte.*

Vous avez mis... bon, continuez. Est comparue la dame Julienne, femme Gervais, laquelle a déclaré qu'il lui auroit été volé, il y a environ quinze jours, une fourchette, et qu'aujourd'hui il lui auroit été volé une cuiller par la même personne.

JULIENNE.

Je n'ai pas dit cela, car je n'en sais rien.

LE BAILLI.

Paix donc! stile de procédure. Maintenant, dites-nous, Madame Gervais, quelle est chez vous la personne qui est chargée du soin de l'argenterie.

JULIENNE.

Annette.

LE BAILLI.

Ah ! ah ! c'est vous, belle Annette! (*à part.*) Bravo, Bailli ! prends ta revanche. (*Haut.*) Ecrivez, très-forte présomption contre ladite Annette.

ANNETTE.

Contre moi, juste ciel !

LE BAILLI.

Son nom de famille ?

JULIENNE.

Grandville.

GERVAIS.

Un moment, un moment. Annette ne peut pas être responsable...

LE BAILLI, *tranquillement à Duretête.*
Annette, Grandville.
GERVAIS, *à Julienne.*
Mais parle donc, toi, ma femme.
JULIENNE.
M. le Bailli, entend bien que je ne dis pas pour cela que
c'est elle...
LE BAILLI.
Non, vous ne le dites pas. Mais puisque c'est Annette qui
a votre confiance, et particulièrement le soin de votre argen-
terie, c'est donc sur Annette que vos soupçons peuvent et
doivent s'arrêter d'abord.
BLAISOT.
Ah! par exemple, M. le Bailli, v'là un raisonnement...
LE BAILLI.
Hein?
BLAISOT.
Non, non, je n'dis pas ça pour vous fâcher. Mais i' m'semble
à moi, quoique je n'sois qu'une bête, comme i'disent tous, qu'si
j'raisonnois de c'te façon là...
LE BAILLI.
Silence! (*à Duretête.*) Ainsi, écrivez que Mad. Gervais...
ANNETTE.
Eh quoi, Madame, vous ne démentez pas... (*à elle-même en
pleurant.*) Ah! malheureuse! (*Elle tire son mouchoir pour es-
suyer ses larmes, et fait tomber l'argent qu'elle a reçu du Juif.*)
JULIENNE.
Qu'est-ce que c'est que cela?
ANNETTE, *ramassant vivement l'argent.*
C'est à moi, Madame, à moi.
JULIENNE.
A vous! et nous savons qu'il n'y a pas plus de huit jours que
vous avez envoyé à votre père tout ce que vous possédiez.
GERVAIS.
C'est vrai, Annette. D'où vient...
ANNETTE.
O ciel! et vous aussi, M. Gervais! Ah! je vous jure sur
l'honneur que cet argent est bien à moi.
GERVAIS.
Je vous crois. Mais je voudrois savoir...
LE BAILLI.
Nouvelle circonstance aggravante. Ecrivez.
BLAISOT.
Un moment, un moment, M. Duretête, n'écrivez rien.
C't'argent est bien à Mademoiselle Annette, j'sais d'où il vient.
GERVAIS.
Ah! parle, Blaisot.

BLAISOT.

C'est un juif. Vous savez bien c'ti-là qui s'appelle Isac, et qui loge au Cheval-Blanc, eh ben, j'l'ai vu c'matin qui donnoit d'l'argent là à Mademoiselle Annette, pour queuqu'bribaborions qu'elle v'noit d'li vendre.

LE BAILLI.

Un juif! nous y voilà.

JULIENNE.

Eh bien, notre homme, cela est-il clair?

GERVAIS.

Annette? est-ce la vérité c'que dit Blaisot?

ANNETTE.

Oui, M. Gervais. Mais au nom du ciel, ne croyez pas...

JULIENNE.

Qu'elle nous dise donc, ce qu'elle a pu vendre pour cette somme. Ce n'est pas sa croix, car elle est encore à son cou.

LE BAILLI.

Excellente observation, Madame Gervais.

ANNETTE, *à elle-même.*

Ma croix! ah! mon dieu! pourquoi n'y ai-je pas pensé? c'est elle que j'aurois vendue plutôt que...

LE BAILLI.

On ne pense pas à tout, ma chère. Allons, plus de danse, le juif a acheté l'objet volé. Voyons cet argent, ma belle. Donnez. Au greffe l'argent de la vente.

ANNETTE.

Quoi? vous iriez m'enlever la seule ressource... (*tombant à genoux.*) Par grâce, M. le Bailli, laissez-moi cet argent, sa destination est sacrée, il est bien à moi, ce que j'ai vendu m'appartenoit, j'avois le droit de m'en défaire. Prenez pitié de mon désespoir, je suis innocente.

LE BAILLI.

Pardon, ma petite. Il eut peut-être été possible de vous tirer delà; mais le Juif... ah! le juif vous fait grand tort. Mauvaise affaire, mon enfant! un vol domestique, c'est matière prévôtale, et malheureusement pour vous, le grand Prévôt, qui justement fait sa tournée, est attendu d'un jour à l'autre à Paris..., Cela ira vite.

BLAISOT.

Oh! mais vous saurez bien lui dire, au grand Prévôt...

LE BAILLI.

Écrivez que Blaisot a déclaré avoir vu ladite Annette Grandville, recevoir du juif Isac la somme de dix-huit francs pour le prix du couvert de Madame Gervais.

BLAISOT.

C'n'est pas ça, c'n'est pas ça qu'j'ai dit. Oh! tatigué, M. l'Bailli tachez de n'pas donner l'croque-en-jambe à mes paroles, ou j'vous avertis qu'je n'mettrai pas ma croix à vout'griffonnage.

40

LE BAILLI.

On s'en passera, mon ami, avec un bon *déclaré ne savoir écrire de ce interpellé.*

BLAISOT, *désolé.*

Interpellé !.. Là ! j'crois justifier c'te pauvre fille en parlant du juif, et v'là qu'j'embrouille l'affaire davantage !

LE BAILLI.

C'est fâcheux. (*à Dure-Tête.*) Écrivez.

GERVAIS.

Un moment, M. le Bailli, vous avez une manière de verba-liser... que diable ! attendez donc : il manque ici, ce me semble, un témoin essentiel, c'est le juif Isaac.

LE BAILLI.

Sans doute, sans doute ; mais il faut commencer...

GERVAIS.

Par entendre le juif.

BLAISOT.

C'est ça, parrain ; j'vas donner un coup de pied jusqu'au ch'val blanc, et si ce juif y est encore ..

LE BAILLI.

Blaisot, je vous ordonne...

BLAISOT.

Bah, bah ! laissez donc. J'ai fait la sottise, i'faut que j'la ré-pare. (*Il sort en courant.*)

SCENE XIII.

Les Précédens , excepté BLAISOT, ensuite RICHARD.

ANNETTE, *à part.*

O mon père ! et je ne puis parler !

GERVAIS, *l'observant.*

Annette, le juif va venir peut-être.

ANNETTE.

Ah ! qu'il vienne, qu'il vienne bien vîte.

GERVAIS, *bas à Julienne.*

Entends-tu , Julienne ?

ANNETTE, *à part.*

S'il montre le couvert, on verra bien...

RICHARD, *au dehors.*

Morbleu ! voyons, voyons donc cela.

ANNETTE, *avec saisissement.*

Richard !

RICHARD, *accourant.*

Ah ! mon père, que dit donc Blaisot ? on soupçonne, on accuse ma chère Annette d'une bassesse !

ANNETTE.

Ah ! M. Richard, ne croyez pas...

RICHARD.

Non, ma tendre amie, non, je ne ferai point cette injure à celle dont la douceur, la sagesse, les nobles sentimens ont plus encore que sa beauté su captiver mon cœur.

JULIENNE.

Que dis-tu, mon fils ?

RICHARD.

Eh bien, oui, ma mère. Voilà celle que j'aime, celle à qui je veux donner le titre de mon épouse.

JULIENNE.

Je ne sais plus où j'en suis. Quoi, Richard, tu voudrois... mais tu ne sais pas encore ce qui s'est passé, tu ne sais pas que cette fille...

RICHARD.

Ma mère, je ne sais qu'une chose, c'est qu'Annette est innocente ; j'en répondrois sur ma tête.

ANNETTE.

O Richard ! que tu lis bien dans mon âme !

RICHARD.

M. le Bailli, vous pouvez vous retirer, votre présence n'est point ici nécessaire.

LE BAILLI, *se levant.*

Mais, M. Richard...

RICHARD.

Emportez votre griffonnage ; et, croyez-moi, ne m'échauffez pas les oreilles.

LE BAILLI, *élevant la voix.*

M. Richard ! les choses ne peuvent se passer ainsi ; la justice doit avoir son cours, et quand il y a déjà des preuves...

RICHARD.

Des preuves !.. Elles sont fausses. N'est-il pas vrai, mon père ?

GERVAIS.

Je l'espère du moins.

LE BAILLI.

M. Dure-Tête, lisez à M. Richard l'article de la découverte de l'argent trouvé sur l'accusée, du juif Isaac qui le lui a donné ce matin même pour le prix de la vente à lui faite... lisez, lisez.

RICHARD.

Fort bien, fort bien, M. le Bailli. Les voilà donc ces grandes preuves ! parce qu'Annette aura voulu se défaire de quelque bagatelle qui lui appartenoit, et cela peut-être pour en soulager un infortuné, car je connois son cœur, et parce que le hasard a voulu que ce même jour il se soit égaré ici une pièce d'argenterie, vous allez en conclure que c'est elle qui l'a volée, qui l'a vendue ! Ah ! M. le Bailli, tremblez d'augmenter le nombre de ces jugemens trop fameux, dictés par la précipitation et l'erreur, dont les innocentes victimes n'ont eu pour dédommagement que la malheureuse célébrité qui a consacré leur mémoire.

LE BAILLI.

M. Richard, ce n'est pas vous qui m'apprendrez... allez, Monsieur, si vous n'étiez pas amoureux d'Annette...

RICHARD.

Eh ! Monsieur, plût au ciel que vos motifs, pour la poursuivre, fussent aussi purs que les miens pour la défendre ; mais j'ai lieu de croire...

JULIENNE.

Tais-toi, mon fils. (*Au bailli.*) M. le Bailli, Richard est amoureux, c'est vrai, cela me fâche et beaucoup, beaucoup certainement ; mais, je suis juste, ce qu'il vient de dire sur les jugemens précipités me semble mériter attention, et je vous déclare que je serois encore plus fâchée d'avoir soupçonné Annette à tort que de la voir épouser Richard.

GERVAIS.

Bien ! v'là parler ça, not'femme.

LE BAILLI.

Doucement, mes amis. Croyez donc que je ne demande pas plus que vous de la trouver coupable ; mais qu'elle nous explique... approchez, Annette, et répondez-moi. Approchez donc, là, plus près. *(bas.)* La belle dédaigneuse.

ANNETTE, *reculant vivement.*

Mais, M. le Bailli...

LE BAILLI, *l'interrompant.*

Paix ! attendez que je vous interroge, et dites-moi...

SCENE XIV.

ISAAC, BLAISOT, et les Précédens·

BLAISOT.

Le v'là, le v'là ! entrez, entrez, M. Isac. (*à Annette.*) Soyez tranquille, mam'selle, v'là qui va tout raccommoder.

ISAAC, *à part.*

Ah ! tiaple ! la Pailli li être ici ! et Piaisot qui m'avre pas dit...

RICHARD.

Ah, bon. Approchez M. le juif, et dites-nous vîte...

LE BAILLI.

Un instant, M. Richard. C'est à moi d'interroger cet homme. (*à Isaac.*) Votre nom, votre profession ?

RICHARD.

Et qu'importe ?

LE BAILLI, *à Richard.*

Pardonnez-moi. (*à Isaac.*) Répondez.

ISAAC.

Ché mé apelle Salomone Issaac. Ché fais la pétite négoce,
achitant aux uns, fentant aux autres, et toujours sir mou cons-
cience.

LE BAILLI.

Reconnoissez-vous cette jeune fille ?

ISAAC.

Foui, Monsié la Pailli.

LE BAILLI.

Que vous a-t-elle vendu ce matin ?

ISAAC, *hésitant et regardant Annette.*

Ein... ein... ein coufert d'archent.

GERVAIS, JULIENNE et BLAISOT, *en même temps.*

Un couvert d'argent !

LE BAILLI, *à part.*

C'est fort heureux.

RICHARD.

Que dit ce misérable ?

ANNETTE.

La vérité, Richard.

RICHARD.

Dieu !

LE BAILLI.

Eh bien, vous l'entendez. Elle avoit gardé la fourchette pour
vendre aujourd'hui le tout ensemble.

ANNETTE, *au juif.*

Montrez le couvert que je vous ai vendu.

ISAAC.

Ché fouloir pien folontiers, mais impossible ma pelle témi-
selle, ché l'avre réfentu à ein camarate qui partir tout d'suite et
qui être loin à cette moment.

ANNETTE, *à elle-même.*

Malheureuse ! je suis perdue.

RICHARD, *au juif.*

Tu es un coquin.

ISAAC.

Ah! ah ! Monsié...

LE BAILLI, *à Dure-Tête.*

Vous écrivez toujours ?

GERVAIS.

Annette, d'où teniez-vous ce couvert ? Allons, répondez. Qui
vous l'avoit donné ? car, enfin, vous n'en aviez pas.

ANNETTE.

Mon bon M. Gervais, je ne puis... ne m'interrogez pas, je
dois, je veux me taire.

BLAISOT, *à part.*

Allons, encore une sottise que j'ai faite d'amener ce juif!

LE BAILLI, *signant un ordre.*

Vous voyez, Messieurs, que le délit est constant et qu'Annette est coupable.

RICHARD, *à part.*

Je reste anéanti !

LE BAILLI, *allant appeler à la porte.*

Georget ? Ici, allons donc. (*Georget accourt.*)

ANNETTE, *à part, tandis que le bailli parle à Georget en lui donnant l'ordre qu'il vient de signer.*

O comble de l'humiliation ! et trembler encore pour mon père ! en est-ce assez, grand Dieu ?

JULIENNE.

Tiens, Gervais, voilà qu'elle me fait pitié à présent.

LE BAILLI, *se rapprochant.*

Bon ! les voilà. (*à Annette.*) Allons, la belle enfant, j'en suis bien fâché, mais il faut aller en prison.

RICHARD, JULIENNE, GERVAIS et BLAISOT, *en même temps.*

En prison !

GERVAIS.

Écoutez donc, M. le Bailli, est-ce qu'on n'pourroit pas...

LE BAILLI.

Impossible, M. Gervais. Il est trop tard.

RICHARD, *arrêtant Isaac qui cherche à sortir furtivement.*

Alte-là, M. Isaac.

ISAAC, *effrayé.*

Monsié, ché peux pas..

RICHARD.

Morbleu ! si...

ISAAC.

Pour faire plaissir à Monsié, ché reste.

SCÈNE XV.

Les Précédens, plusieurs Gendarmes, GEORGET et Habitans du Village.

(*Des gendarmes paroissent à la porte. Les villageois font foule au dehors et se pressent pour regarder aux fenêtres.*)

LE BAILLI, *aux gendarmes.*

Messieurs, emmenez cette fille à la prison du baillage.

RICHARD.

Arrêtez M. le Bailli, deux minutes. (*à Julienne.*) Vite, un de vos couverts, ma mère.

JULIENNE.

Oui, mon fils. (*Elle court chercher un couvert.*)

RICHARD, *au juif.*

Isaac, détaille-nous exactement la forme et le poids du couvert que tu as acheté.

ISAAC.

Ché fas tire: lourd assez pien, car ché l'avre payé beaucoup cher.

RICHARD.

Uni, ou à filets ?

ISAAC.

A filets, ché puis pas tire la contraire.

LE BAILLI.

A filets ! nous y voilà. *(à part.)* de mieux en mieux.

RICHARD.

Avoit-il un chiffre ?

ISAAC.

Ein chiffre ? attendez...

ANNETTE, *à part.*

O ciel ! Gervais, Grandville, justement ces deux noms...

ISAAC.

Foui, foui, la chiffre, ché mé soufiens, li être ein ché.

RICHARD.

Un G ! tu ne te trompes pas!

ISAAC.

Non, non, ein ché, ein ché.

ANNETTE, *à part.*

Fatale circonstance !

(Julienne apporte un couvert à Richard.)

RICHARD, *donnant vivement le couvert au juif.*

Tiens, malheureux, compare et prononce.

ISAAC, *l'examinant.*

Foui... foui... li être pien... foui, li être la pareille.

RICHARD, *désespéré.*

Je n'en puis plus !

ANNETTE.

Je me meurs !

JULIENNE.

O mon dieu ! mon dieu!

BLAISOT.

Les bras m'en tombent.

GERVAIS.

On a beau dire, il faut qu'il y ait là-dessous...

LE BAILLI.

Allons, allons, en prison *(montrant le juif)* et son complice aussi.

ISAAC.

Ah ! Monsié la Pailli, ché fous conjire...

LE BAILLI,

En prison. (*à part*). Je la tiens!

ANNETTE , *pleurant.*

Richard... Richard...

RICHARD , *dans le plus grand trouble.*

Annette... je t'aimois, je t'adorois... Va, tu as détruit tout mon bonheur, car je t'aime encore. (*se jettant dans les bras de son père*). Ah ! mon père, j'en mourrai.

ANNETTE.

Richard , je suis bien malheureuse, mais je ne suis pas coupable.

RICHARD.

Prouve-le donc , Annette.

ANNETTE.

Cela m'est impossible.

(Richard reste accablé.)

LE BAILLI.

Allons, allons, c'est trop tarder, qu'on les emmène.

ANNETTE.

M. Gervais , Madame Gervais... Vous abandonnez la pauvre Annette! vous la croyez coupable ! (*à part.*) O mon père! (*haut.*) Richard !.. je suis innocente, je suis innocente!

(Les gendarmes emmènent Annette et le juif, en traversant la foule des villageois qui s'écartent pour les laisser passer. Julienne reste le visage caché par son mouchoir ; Gervais retient son fils qui veut se précipiter sur les pas d'Annette ; Blaisot se désole et le rideau tombe.

Fin du deuxième acte.

ACTE III.

(Le théâtre représente une salle gothique du baillage. Sur l'un des côtés est une porte dont la ferrure annonce que c'est celle qui communique de la salle dans la prison.)

SCENE PREMIÈRE.

ANNETTE, BERTRAND,

BERTRAND, *sortant de la prison, à Annette qui le suit.*
Venez, venez, ma belle enfant, venez respirer l'air dans cette salle, je prends sur moi de vous faire sortir un quart d'heure de cette prison si noire et si malsaine.

ANNETTE.
Ah! je vous remercie.

BERTRAND.
Cette salle est un peu plus agréable et n'est pas moins sûre; car on n'entre ici, on n'en sort qu'avec ma permission et ces fenêtres sont grillées. Mais c'est que, vraiment, je n'ai pu m'empêcher d'avoir pitié de vous.

ANNETTE.
Que de bonté, M. Bertrand.

BERTRAND.
Allons, je vous laisse. Si vous avez besoin de moi, si vous désirez quelque chose, frappez à cette porte là bas. (*Voyant qu'elle s'essuye les yeux*) Allons, Allons, ne pleurez donc pas. (*A part.*) Eh bien ne voilà-t il pas... (*S'essuyant un œil*) Est-ce que je suis bête donc moi? Si l'on me voyoit! Ce seroit beau pour un geolier! (*Il sort par la porte du fond.*)

SCENE II.

ANNETTE, *seule, s'asseyant auprès d'une table.*

O mon père! que va-t-il devenir, quand il ne trouvera pas encore aujourd'hui l'argent qui lui est si nécessaire? Mais s'il alloit apprendre que sa fille succombe en ce moment sous le poids de la plus avilissante des accusations! Idée affreuse! Ah! que ne peut-il fuir avant de connoître ma déplorable aventure? Il faudroit pour cela qu'avant la fin de cette journée il trouvât dans le vieux saule... (*Appercevant sa croix d'or*) Ah! Cette croix... Mais comment la vendre? Comment en faire tenir le prix? M. Gervais? Richard?... Non, ils voudroient des explications que je ne puis... Non, non, il n'y faut pas penser. (*Se levant*) Blaisot!... Oui, cet honnête garçon qui a tant d'amitié pour moi... Qui lui seul peut aveuglément et sans exiger que je lui en dévoile le mystère, me rendre cet important service. Demandons au Geolier... (*elle va frapper à la porte du fond.*)

SCENE III.

ANNETTE, BERTRAND.

BERTRAND.

Qu'est-ce que c'est, mademoiselle Annette?

ANNETTE.

Pourriez-vous, M. Bertrand, faire dire à Blaisot, le filleul de madame Gervais, que je voudrois lui parler?

BERTRAND *hésitant.*

Hum! je ne sais pas... Cependant, je ne risque rien de l'envoyer prévenir. Quand il sera venu, nous verrons... Je tâcherai...
(*On frappe à la porte du fond.*)
Qu'est-ce que c'est? (*Courant regarder au guichet.*) Ah ah! c'est monsieur Richard!

ANNETTE (*avec trouble.*)

M. Richard!

BERTRAND, *au guichet.*

Impossible, M. Richard. J'ai des ordres de...

ANNETTE.

De grâce, mon cher Bertrand...

BERTRAND à *Annette.*

Attendez, je vois qu'il cherche... (*au guichet.*) Ah! Vous avez une permission! C'est différent. Voyons, voyons. (*Il prend au guichet une pièce d'or et après l'avoir examinée.*) Bon, bon, elle est en règle. Cette signature là passe par tout. (*A Annette.*) Soyez tranquille, mademoiselle, la permission est pour toute la maison Gervais. (*Il ouvre à Richard et sort.*)

SCENE IV.

ANNETTE, RICHARD.

RICHARD.

Ma chère amie!

ANNETTE.

Ah Richard! vous ne m'avez donc point encore abandonnée!

RICHARD.

Pardonne moi mon irrésolution, chère Annette. Mais l'idée du crime dont je t'ai vue accuser, la force des présomptions qui pèsent sur toi et que tu refuses de détruire, avoient brisé mon cœur, troublé ma tête, égaré ma raison. Je voulois repartir sur le champ, retourner sous mes drapeaux, dire un éternel adieu à mes parens et aller chercher en furieux la mort dans les combats. Mais auparavant j'ai voulu te voir encore, t'interroger moi même, lire dans ton âme, tâcher d'apprendre enfin comment il a pu se faire... Réponds moi vite, Annette: Es-tu coupable?

ANNETTE, *avec dignité.*

Non, Richard.

RICHARD.

Mais par quelle fatalité...

ANNETTE.

Je ne puis rien prouver, rien indiquer, rien fournir pour ma défense, il faut me taire, implorer le secours du ciel et plaindre l'erreur des hommes.

RICHARD.

Tu gardes donc un secret dont la révélation pourroit te justifier ! et tu refuses de le confier à l'ami de ton cœur, à celui qui donneroit à l'instant sa vie pour sauver la tienne !

ANNETTE.

Mon cher Richard, n'augmente pas encore mes regrets et mon désespoir. Ce secret que tu me demandes n'est pas le mien ; d'ailleurs, en ce moment que me serviroit de parler ? Je n'ai qu'un témoignage à invoquer, mais c'est celui d'un malheureux qui dans la position où il se trouve, ne pourroit pas même être cru. L'infortuné se perdroit sans me sauver ; et qui sait s'il ne seroit pas encore regardé comme complice, après avoir paru comme témoin ? Non, non, je dois me taire, le devoir, la prudence, mon serment, tout l'exige.

RICHARD, *à part.*

Je ne sais que penser ! (*haut.*) Annette, apprends donc que le grand Prévôt vient d'arriver. Le Bailly qui te persécute, (mon père m'a tout conté,) l'odieux Bailly va te dénoncer à son tribunal. Tu ne sais pas peut-être, avec qu'elle effrayante promptitude les jugemens du Grand Prévôt sont prononcés et s'exécutent ! Il est possible que ce jour même....

ANNETTE.

Je sois condamnée, veux tu dire ? Hélas ! un tems viendra peut-être où mon innocence sera reconnue, où l'on me plaindra, où l'on voudra perpétuer le souvenir de l'erreur qui m'aura frappée. Mais pour jouir de ce triomphe, la pauvre Annette ne sera plus là.

RICHARD.

Tu me fais frémir ! (*à part*) non, non, cela n'est pas possible ; on ne peut imiter cet accent de vérité, cette candeur, signes certains d'une âme honnête.

ANNETTE

Richard, veux-tu me permettre une question, et me répondre avec toute la franchise dont je te connois capable ?

RICHARD.

Parle, ma chère Annette.

ANNETTE *hésitant*,
Mon ami... si je succombe, que penseras-tu de moi ?
RICHARD , *avec fermeté*.
Que tu es innocente.
ANNETTE.
O mon Dieu ! je ne mourrai donc pas sans consolation !
RICHARD.
Crois aussi que mon père partagera ma conviction. Ma mère
elle-même....
ANNETTE.
Madame Gervais ! (*en gémissant*,) ah !

RICHARD.
Je sais combien tu dois lui en vouloir; mais pardonne-lui,
Annette. Depuis tantôt, elle n'a fait que gémir d'avoir été la
cause de ton malheur.
ANNETTE.
· Je le lui pardonne.

RICHARD·
Au moment où je te parle, elle est allée avec mon père chez
le Bailly, pour tâcher de le fléchir; mes parens ne négligeront
aucun moyen....

SCENE V.

BERTRAND et les Précédens, ensuite GERVAIS et JULIENNE.

BERTRAND.
Bien fâché de vous interrompre; il faut que Mademoiselle
rentre dans sa prison. Le Bailly me fait dire qu'il va venir l'in-
terroger encore une fois, avant de remettre la procédure au Grand
Prévôt.
ANNETTE.
Adieu, Richard.
RICHARR.
Adieu, ma chère Annette.
BERTRAND.
J'entends du bruit là bas, c'est peut-être le Bailli : rentrez,
rentrez vite.
(Annette et Richard s'embrassant avec douleur.)
ANNETTE, *d'une voix étouffée*.
Adieu.
(Bertrand la fait rentrer et ferme la porte sur elle.)
RICHARD.
L'aurois-je donc vue pour la dernière fois ? Ah ! cette idée....
BERTRAND.
Eh ! c'est M. et Madame Gervais. Ma foi, s'ils viennent pour
voir Annette, il m'est impossible en ce moment....

RICHARD *allant au-devant d'eux.*

Eh bien M. le Bailli...

GERVAIS.

Nous n'avons pu le voir ; mais on nous a dit qu'il alloit venir
ici ; et si M. Bertrand veut nous permettre de l'attendre....

BERTRAND.

Volontiers. Restez dans cette salle, par où il faut nécessai-
rement qu'il passe. *(Il sort.)*

SCÈNE VI.

GERVAIS , RICHARD , JULIENNE , ensuite le BAILLI.

GERVAIS *montrant la porte de la prison.*

Elle est donc là cette chère enfant...

JULIENNE *douloureusement.*

Elle est là ! et c'est moi..

GERVAIS.

Eh bien ! mon fils , lui as-tu parlé ?

RICHARD.

Oui , mon père , et vous m'en voyez encore .. Ah ! ma mère !

JULIENNE.

Je t'entends , Richard. (*a Gervais qui fait signe à son fils de se
taire.*) Va , mon ami , ce ne sont pas ses reproches qui m'af-
fligent , ce sont ceux que je me fais à moi-même. Oui , j'ai des
torts , des torts affreux , je n'aurais pas dû.... et pourtant le ciel
sait si j'ai jamais désiré qu'il arrivât le moindre mal à cette pauvre
fille. Malheureuse vivacité ! fatale prévention ! où m'avez-vous
conduite ?

RICHARD.

Pardon , ma mère , si tantôt , dans mon désespoir , j'ai pu
vous dire...

JULIENNE.

Jamais je ne me pardonnerai d'avoir souffert que le Bailli
commençât son infâme procédure , et s'il faut qu'on vienne à
dire que j'ai causé la mort d'Annette , sois sûr mon fils que je n'y
survivrai pas.

GERVAIS.

Allons , allons , ma chère Julienne , ne perdons pas encore toute
espérance. Nous allons parler au Bailli , lui donner notre désistement , employer auprès de lui tous les moyens...

JULIENNE.

Oui , Gervais , qu'on me demande tout ce qu'on voudra , je suis
prête à tous les sacrifices pour sauver Annette. Et puis , Richard ,
veux-tu que je te dise , en réfléchissant bien à tout ce qui paroît

la condamner, je ne peux plus me persuader à présent qu'elle soit coupable.

RICHARD.

Oh! ma mère, que vous me faites de bien! non, non, elle n'est pas coupable.

GERVAIS.

T'auroit-elle confié le secret qui paroît l'accabler?

RICHARD.

Non, mon père. Je ne sais quel devoir impérieux lui défend de parler; mais je n'en suis pas moins sûr de son innocence.

JULIENNE.

Mais c'est inconcevable qu'elle s'obstine...

GERVAIS.

Écoute donc, femme, si c'est l' devoir qui l'oblige à se taire, elle en est plus à plaindre; mais j'entends qu'on vient. C'est l' Bailli sans doute, laisse nous, Richard.

RICHARD.

Vous avez raison, mon père; car je ne répondrais pas de pouvoir me contenir; mais s'il résiste à vos offres, à vos prières, qu'il tremble; (*le Bailli paroît dans le fond.*) il m'entendra défendre la cause de l'innocence, il m'entendra dévoiler, à haute voix, les secrets et honteux motifs de l'acharnément qu'il met à la poursuivre.

LE BAILLI, *s'avançant.*

M. Richard!

JULIENNE et GERVAIS, *ensemble.*

O ciel!

RICHARD.

Ah! vous voila, M. le Bailli. Si vous m'avez entendu, tant mieux. Je parlois de vous, au revoir. (*Il sort.*)

SCENE VII.

GERVAIS, LE BAILLI, JULIENNE.

LE BAILLI.

M. Richard, M. Richard! prenez garde à vous, vous pourriez...

JULIENNE.

De grâce, M. le Bailli, pardonnez-lui, c'est le désespoir qui le fait parler.

GERVAS.

Oui, M. le Bailli, Richard sera le premier à vous demander excuse, si vous voulez avoir égard à notre demande.

LE BAILLI.

De quoi s'agit-il donc? Que voulez-vous?

JULIENNE.

Recevez notre désistement, M. le Bailli, jetez au feu la procédure commencée ; nous ne voulons pas, pour un misérable couvert, être la cause de la mort de quelqu'un.

LE BAILLI.

Il est trop tard, ma chère Madame Gervais. Ce n'est plus vous, c'est le ministère public qui poursuit maintenant cette affaire, le grand Prévôt en a déjà connoissance. Si j'anéantissois une procédure dont il ne manquera pas de me demander compte, il m'accuseroit de prévarication, et pour vous obliger, je me perdrois infailliblement.

GERVAIS.

Je ne crois pas cela, M. le Bailli ; car rien ne vous seroit plus facile que de gagner du temps, de laisser tomber petit à petit le bruit qui s'est répandu, et de faire, enfin, qu'il n'en soit plus question.

LE BAILLI.

Vous en parlez bien à votre aise !

GERVAIS.

Nous ferons tous les sacrifices.

JULIENNE

Oui, nous payerons tout ce qu'il faudra. Je ne dis pas cela pour vous, M. le Bailli, mais s'il y a des frais de faits, des mesures à prendre qui soient coûteuses, des gens qu'il faille chèrement payer pour se taire, ne vous gênez pas, demandez-nous de l'or, de l'argenterie, des bijoux, nous donnerons tout, tout pour sauver cette malheureuse fille.

LE BAILLI.

Encore une fois, c'est impossible. Cessez donc de me faire des offres qui m'offensent. Oui, oui, malgré le détour que vous prenez, je vous ai compris, Madame Gervais. Mais persuadez-vous bien que le Bailli de Palaiseau n'est point un homme à se laisser séduire par le vil appât de l'or, et qu'il ne trahira pas son devoir pour...

GERVAIS.

M. le Bailli de Palaiseau, le devoir vous commande au moins de ne rien précipiter. Cette affaire mérite bien qu'on l'approfondisse. Il y a dans tout cela une obscurité qui, si vous n'y prenez garde, peut un jour vous causer des regrets bien amers.

LE BAILLI.

Je ne le crains pas. Jamais je ne me trompe dans mes jugemens.

GERVAIS.

Excepté, peut-être, quand la passion vous empêche d'y voir clair, M. le Bailli.

LE BAILLI.

M. Gervais !

JULIENNE.

Je t'en prie, notre homme...

GERVAIS, *s'échauffant.*

Eh ! laisse-moi donc Julienne ? Tu ne vois pas que M. le Bailli auroit trouvé notre chère Annette innocente, si elle avoit voulu cesser de l'être pour lui. Mais nous savons qu'elle a rejeté ses propositions avec tout le mépris qu'elles méritoient. Voilà pourquoi nous le voyons, cet homme qui ne se trompe jamais, nous montrer tant d'empressement à satisfaire à ce qu'il appelle son devoir et sa justice.

LE BAILLI, *en colère.*

M. Gervais, craignez que je ne vous fasse repentir...

JULIENNE, *allant pour se jeter à ses pieds.*

Ah ! M. le Bailli, prenez pitié...

GERVAIS, *relevant brusquement sa femme.*

Morbleu ! not' femme, veux-tu bien... c'est à genoux qu'on demande grâce ; mais le bon droit, c'est debout qu'il faut l'attendre. Suis moi, Julienne. (*Il sort Julienne le suit désespérée.*)

SCENE VIII.

LE BAILLI, ensuite BERTRAND.

LE BAILLI.

J'étouffe de colère. Le père et le fils qui ont l'audace... eh bien, leur chère protégée se ressentira... (*appelant*) Bertrand ? (*à lui-même*) à moins cependant qu'après avoir plus mûrement réfléchi sur sa position, cette fille si dédaigneuse... (*à Bertrand qui paroît.*) Faites venir Annette dans cette salle. (*Bertrand entre dans la prison.*) Non, non, il ne sera pas dit qu'une servante m'aura impunément... Mais elle vient ; tâchons de calmer mon agitation. La voilà donc ! Pourquoi faut-il qu'elle me paroisse plus belle que jamais. (*Annette paroît et Bertrand sort.*)

SCENE IX.

ANNETTE, LE BAILLI.

LE BAILLI.

Approchez, Annette (*à part*). Respirons un moment. Ces insolens Gervais m'ont troublé au point...

ANNETTE, *à part.*

Hélas ! que me veut-il encore ?

LE BAILLI, *se remettant peu à peu.*

Annette.... écoutez-moi. Vous me voyez désespéré. Le grand Prévôt est arrivé ; il va prendre connoissance du procès-verbal qui vous inculpe. Je voudrois vous sauver, quoique cela soit maintenant fort difficile, car la procédure est si avancée... Au reste, croyez-bien que toute la vengeance que je prétendois tirer de vos dédains offensans, devoit se borner à vous tourmenter un peu. Mais je vous l'avoue, j'étois loin d'imaginer que vous vous fussiez réellement rendue coupable.

ANNETTE.

Moi, coupable! et vous le croyez, M. le Bailli!

LE BAILLI.

Oui. Mais je ne l'ai cru qu'après la déclaration du juif Isaac. Elle est foudroyante, et certes je ne m'y attendois pas.

ANNETTE.

Tout se réunit pour m'accuser, j'en conviens, et cependant je suis innocente.

LE BAILLI.

Je le veux croire. Mais écoutez, ma chère Annette, vous pouvez encore tout attendre du désir que j'ai de vous obliger. Oui, j'y suis résolu. Je veux, dès aujourd'hui, faire ouvrir votre prison.

ANNETTE.

M. le Bailli. je ne prétends en sortir qu'avec l'assurance qu'on aura cessé de me croire coupable d'un crime si honteux.

LE BAILLI.

C'est bien ainsi que je l'entends, Annette (*lui prenant la main*). Oui, oui, fille charmante, je veux que vous en sortiez aussi blanche qu'une innocente colombe, je veux...

ANNETTE, *retirant sa main avec fierté.*

Laissez-moi, Monsieur.

LE BAILLI.

Songez, Annette, qu'il y va pour vous de la vie.

ANNETTE.

La vie ne m'est rien sans l'honneur.

LE BAILLI.

Sans doute, sans doute. Aussi mon intention...

ANNETTE

M'est suspecte, Monsieur. Laissez-moi, vous dis-je.

LE BAILLI.

Eh bien. fille ingrate, puisque vous refusez de m'avoir la moindre obligation, je vous laisse. Le grand prévôt décidera de votre destinée : avant une heure vous paroîtrez devant lui. Adieu, Mademoiselle. (*Il sort*).

SCENE X.

ANNETTE, BERTRAND.

BERTRAND.

Voilà Blaisot, Mademoiselle Annette. Je vais lui dire d'entrer. mais je ne vous promets pas de pouvoir vous laisser longtemps ensemble; ainsi...

ANNETTE.

Il suffit. Qu'il approche, et laissez-nous, M. Bertrand.

BERTRAND.

Entrez, entrez, Blaisot. Voilà...(*Il lui montre Annette et sort*).

SCÈNE XI.

ANNETTE, BLAISOT.

BLAISOT, *s'approchant tristement*.

La v'là donc, c'te pauvre fille!.. la v'là !

ANNETTE, *à part*.

Oui, oui, je puis compter sur lui.

BLAISOT, *les larmes aux yeux*.

Mam'selle Annette... C'est moi.

ANNETTE.

Blaisot, tu peux me rendre un bien grand service; mais promets-moi de faire ce que je te dirai, sans m'adresser aucune question, sans chercher à découvrir la raison qui m'oblige à t'en prier.

BLAISOT.

J'vous l'promets, mam'selle.

ANNETTE.

Tu as pu voir ce matin qu'on m'a pris l'argent qui m'appartenoit bien légitimement, et dont j'av is le plus pressant besoin.

BLAISOT.

Oui, oui; il est au greffe, et c'est à peu près comme s'il étoit perdu pour vous.

ANNETTE.

Eh bien, mon cher Blaisot...

BLAISOT.

J'vois c'que c'est : i's'agit d'remplacer c't'argent là. Eh, pardi, vous n'avez qu'à dire, tout mon magot est ben à vot'sarvice.

ANNETTE, *détachant sa croix*.

Mais, le ciel me préserve de vouloir abuser de ton bon cœur. Je ne te demande que l'avance d'une somme pareille à celle que j'ai perdue, et que tu porteras où je te dirai. Voilà ma croix qui vaut au moins...

BLAISOT, *repoussant sa main*.

Doucement, doucement, entendons-nous. Où faut-il que j'porte c't'argent?

ANNETTE.

Connois-tu, à la sortie du village, un peu sur le côté de la route de Paris, un vieux saule creux...

BLAISOT.

Ah ben, si je l'connois ! c'est là, quand j'étois p'tit garçon, que...

ANNETTE.

Eh bien , c'est dans cet arbre que je te supplie de déposer l'argent avant la fin du jour.

BLAISOT, *étonné.*

Ah ! dans l'creux du vieux saule !

ANNETTE.

Oui. Mais qu'on ne te voye pas, et surtout garde-toi d'avoir la curiosité de rester à portée de découvrir la personne qui doit aller le prendre.

BLAISOT.

C'est singulier ! c'est donc...

ANNETTE.

Tu m'a promis de ne me faire aucune question.

BLAISOT.

C'est juste. J'tiendrai parole, comme aussi d'm'empêcher d'être curieux.

ANNETTE.

Tu me le jures ?

BLAISOT.

J'vous l'jure. Oh ! d'abord , j'sis ben tranquille. C'est, je l'gagerois, une bonne action que j'vous aide à faire là ; car, quoiqu'en disent ces hommes noirs, vous n'savez pas en faire d'autres. Ainsi v'là qu'est dit, avant une heure , la parsonne peut aller voir si j'ai bien fait vout'commission. (*Il va pour sortir* .

ANNETTE.

Blaisot ? et ma croix que tu oublies !

BLAISOT.

J'n'oublie rien du tout. Gardez vout'croix , mam'selle , je ne la prendrai pas.

ANNETTE , *le retenant.*

Si tu me refuses , je n'accepte pas ton service.

BLAISOT.

Ah ! par exemple, j'vous en défie. A présent que j'sais c'que j'dois faire, j'n'ai plus besoin d'vout'permission.

ANNETTE.

Blaisot , veux-tu m'entendre ? Songe donc , mon ami, que demain , aujourd'hui peut-être, cet ornement aura cessé de m'être utile.

La Pie.   8

BLAISOT.

Allons, allons, n'croyez donc pas ça, mam'selle Annette. l'n'e-t pas possible... Gardez vout'croix.

ANNETTE.

Eh bien , mon cher Blaisot, c'est comme un souvenir de mon amitié que je te prie de l'accepter. Me refuseras-tu maintenant?

BLAISOT, *prêt à pleurer.*

Non... non, comme ça... à la bonne heure. (*prenant la croix.*) J'la prends, et elle vaudroit cent fois c'qu'elle vaut... (*pleurant.*) je n'm'en déferai jamais, mam'selle Annette. (*Il va pour sortir*).

ANNETTE.

Attends, mon ami. Tiens, tu donneras pour moi à M. Richard cet anneau que j'ai tressé de mes cheveux... dis-lui bien... que jusqu'au dernier soupir... (*Elle ne peut achever*).

BLAISOT *pleurant*

Mais, mais finirez-vous ? vous voulez donc.... Oui , oui, j'lui donnerai... l'lui dirai... t'nez, j'men vas , car si j'restois plus longtemps... adieu , Mam'selle Annette.

ANNETTE , *lui serrant la main.*
Adieu mon bon ami : n'oublie pas...

BLAISOT *sanglottant.*

Oh ! — soyez... bien sûre... seulement l'temps d'aller chercher cheuz nous... Oh ça !... vous pouvez... (*en s'en allant*). O mon dieu ! mon dieu !

SCENE XII.

ANNETTE , BERTRAND , quelques Gendarmes.

BERTRAND *tristement.*
Mademoiselle Annette, on vient vous chercher pour paroître devant le Grand Prévôt.

ANNETTE.

Je suis prête. (*aux Gendarmes*) Conduisez-moi Messieurs. (*à elle-même*) O mon dieu ! n'est-il donc plus d'espoir ?
Les Gendarmes emmènent Annette et la décoration change.

SCENE XIII.

(Le théâtre représente la Place du Village. A droite, on voit le Clocher et une partie de l'Église. Il y a vers le haut du Clocher, un petit échaffaudage pour des réparations. Une corde est fortement attachée par l'un des bouts; l'autre est relevé et jeté négligemment sur un des poteaux de l'échaffaudage. A gauche, dans le fond , est la porte du Bâillage. On en descend par plusieurs marches. Au-delà du Bâillage est une rue , vis-à-vis , une autre rue qui passe derrière l'Église. Sur le devant, aussi à gauche, est une porte rustique qui est celle de l'enclos de la Ferme de Gervais. On voit dans le fond une sentinelle qui , en se promenant , paroît et disparoît alternativement derrière la porte du Bâillage.)

FRANCOEUR *seul d'abord* , ensuite BLAISOT.

FRANCOEUR.

Je ne rencontrerai donc personne qui m'indique la maison du Bailli et la ferme de Gervais. — Morbleu ! je voudrois bien qu'E-vrard qui a voulu venir voir ici sa fille , ne fût pas encore reparti. Avec quel plaisir en ce moment son camarade Francœur le serre-roit dans ses bras ! En tout cas il ne peut pas être encore bien loin et l'on pourra... Ah! bon , voici qu'on ouvre cette porte , on me dira sans doute...

BLAISOT *sortant de la petite porte à gauche et comptant de l'ar-gent dans sa main.*

C'est ça , v'la qui fait l'compte ; allons porter ben vite.....

FRANCOEUR.

Eh ! l'ami, veux-tu m'indiquer la Ferme de Gervais et la maison du Bailli ?

BLAISOT.

La ferme , M. l'soldat ? Eh ! tenez, si vous n'voulez pas faire le tour; v'la la porte d'not clos, vous pouvez...

FRANCOEUR.

Non , le Bailli d'abord ?

BLAISOT.

Eh ! ben, l'Bailli, tournez c'te rue, la première porte à gauche peinte en jaune, où c'qu'il y a un marteau en forme d'serpent, avec un judas par où l'on vient r'garder ceux qui frappent. Plus loin, dans la même rue, vous verrez la porte de la ferme.

FRANCOEUR.

Fort bien. Je te remercie. (*Il sort.*)

SCENE XIV.

BLAISOT) *seul.*)

J'crois ben qu'il n'trouvera personne, car tout l'monde est au bâillage pour voir juger...Ah! mon dieu, faut-il... Mais dépê-chons nous d'aller faire la commission d'mam'selle Annette. J'viens d'casser ma tirelire. (*frappant sur sa poche et la faisant sonner*)

et j'ai là tout c'qu'il y avoit dedans ; j'nai pas encore compté ,
mais c'est égal. V'la toujours les dix-huit francs pour le saule
creux ; faut commencer par rendre service, j'compterons après.
(*Evrard paroît dans le fond.*) C'te pauvre Annette ! est-il
possible qu'on auroit l'cœur... non, non, l'ciel aura pitié d'elle;
courons ben vite. (*Il sort en courant , par le fond , à droite.*)

SCENE XV.

EVRARD, la Sentinelle *dans le fond.*

EVRARD.

O ciel ! n'est-ce pas le nom de ma fille que ce garçon vient de
prononcer avec l'air de la plaindre ? que signifie... Pourquoi
m'allarmer ? d'autres peuvent aussi se nommer Annette. Cependant je ne puis résister à mon inquiétude. Ma fille qui depuis
hier n'est point encore venue... Je ne sais que penser. Ah ! je
connois son cœur , sans un obstacle insurmontable , elle m'auroit
au moins fait savoir par un billet... Mais quel peut être cet obstacle ? pourvu qu'il ne lui soit point arrivé quelque malheur à
à cette chère enfant ! il faut que je la revoie. Je sais quel danger
je cours en m'aventurant de jour dans ce village. Mais n'importe,
je veux absolument... tâchons de gagner la ferme. O ciel ! cette
sentinelle auprès de qui il faut que je passe... (*regardant vers
la droite.*) Bon ! je vois venir de ce côté un paysan qui pourra
peut-être...

SCENE XVI.

Les Précédens , GEORGET.

EVRARD *à Georget qui vient de la droite et va pour traverser
le théâtre.*

Mon ami, voudriez-vous me rendre un service ?

GEORGET.

Volontiers , Monsieur , si c'est possible.

EVRARD.

Comme je ne voudrois point aller jusqu'à la ferme de M.
Gervais, vous m'obligeriez d'aller avertir...

GEORGET.

A la ferme de Monsieur Gervais ? pardi. entrez par c'te porte
qui est restée ouverte , vous traverserez l'clos et la ferme est au
bout.

EVRARD.

S'il est ainsi , je vais moi-même... en vous remerciant , mon
ami. (*Il va vers la porte.*)

GEORGET.

Je n'sais pas si vous y trouverez M. et Madame Gervais, ils sont peut être... c'est qu'ils ont fièrement du chagrin, aujourd'hui, allez !

ÉVRARD *revenant.*

Et pourquoi donc ?

CEORGET.

Hélas! c'est leur servante, une jolie fille qu'on nomme Annette...

ÉVRARD,

Annette! que lui est-il donc arrivé ?

GEORGET.

. C'qu'on n'auroit jamais cru d'elle ; la malheureuse, en ce moment, elle attend sa condamnation !

ÉVRARD.

Juste Ciel ! et qu'a-t-elle fait ?

GEORGET.

Ah ! dame! elle a volé ses Maîtres,

ÉVRARD.

Vol..... c'est impossible,

GEORGET.

C'est comme ça pourtant.

ÉVRARD.

On se trompe sans doute.

GEORGET.

Pardon, tout l'village est là bas rassemblé dans la chambre d'justice, j'vas voir si c'est bientôt fini. (*Il va pour sortir.*)

ÉVRARD.

Arrête, malheureux, réponds vite, est-ce bien Annette ?...

GEORGET *en sortant.*

Oui, oui, Annette Grandville.

ÉVRARD.

Grandville ! Dieu !

SCENE XVII.

EVRARD, ensuite FRANCOEUR.

EVRARD.

Non, ce ne peut être ma fille qui auroit... Courons m'informer... (*regardant la sentinelle.*) Ah ! loin de moi maintenant le soin de ma sûreté, qu'on m'arrête, qu'on m'ôte la vie, eh! que m'importe? elle m'est odieuse, si ma fille a pu s'avilir ainsi. (*regardant vers la coulisse.*) Ne me trompe-je pas? Que vient faire ici mon ami Francœur?

FRANCOEUR, *rentrant par le fond à gauche.*

Allons, je n'ai point trouvé le Bailli chez lui, on m'a dit.... (*apercevant Evrard.*) Que vois-je? (*courant à lui.*) Que je t'embrasse, mon cher Evrard!

EVRARD.

Francœur! c'est toi, mon ami!

FRANCOEUR.

Allons, allons, réjouis-toi, c'est ta grace que je t'apporte.

EVRARD, *d'un air sombre et égaré.*

Ma grace!... à moi... comment?

FRANCOEUR, *montrant des papiers.*

Eh oui, oui, mon cher, la voila ta grace, et puis cette lettre au Bailli. Rassure-toi, te dis-je, plus de danger. Nos officiers ont adressé un placet au Roi, notre capitaine lui-même a eu la générosité de convenir qu'il avoit eu tort de te provoquer, de t'insulter, il s'est chargé du placet, l'a présenté, a sollicité ta grace et le Roi l'a signée.

EVRARD, *qui n'a point écouté Francœur.*

Non, je ne puis croire qu'elle soit coupable. Courons à la ferme et tâchons d'apprendre...

FRANCOEUR, *le retenant.*

Eh bien, eh bien? qu'as-tu donc, mon ami? Ma nouvelle ne te comble pas de joie, tu n'es pas...

EVRARD, *douloureusement.*

Francœur, tu m'apportes la vie, quand ma fille.... Ah! c'est le coup de la mort. Laisse moi (*Il veut sortir.*)

FRANCOEUR.

Ta fille! — Arrête, où cours-tu?

EVRARD.

Chez Gervais, pour entendre démentir ou confirmer... Laisse moi, te dis-je, mon malheur est affreux!

FRANCOEUR.

Evrard! je ne te quitte pas. (*Il suit Evrard qui sort précipitamment par la porte de l'enclos*)

SCENE XVIII.

BLAISOT, *seul, revenant de la droite.*

J' viens d' mettre l'argent dans l' vieux saule. A présent, j' sis curieux d' voir à quoi s' monte nout' petite fortune. L' compte n' sera pas long. Asseyons-nous ici. (*Il s'assied sur un banc de pierre auprès de la porte de l'enclos, et compte son argent.*) Une, deux, trois... Oh! fatigué! j' sis plus riche que je n' croyois. Et toute ces petites pièces donc, une, deux... Ah! v' la c'te jolie pièce de vingt-quatt' sous toute neuve. C'est Annette qui m' l'a donnée un jour que... à part, c'te pièce là : c'est pour mettre avec sa croix. (*Il la met à l'écart.*) C'te pauvre fille! j' l'entends encore : *Adieu mon bon ami.* V'la peut-être les dernières paroles qu'elle m'aura... Allons, allons, ça fait trop d' mal d' penser à ça. (*Il s'essuie les yeux. En ce moment la Pie paroît à la porte de l'enclos.*) Eh eh! Margot, qu'est-ce que tu viens faire ici, toi? Mais voyez donc, c'te vilaine Pie qui vous suit partout! approche, que j' te... (*La Pie rentre dans l'enclos.*) Tu fais bien, d' t'en aller, va. R'viens-y, j' te l'conseille.

SCENE XIX.

BLAISOT, GEORGET, la Sentinelle *dans le fond.*

GEORGET.

Ah! te voila, Blaisot!

BLAISOT.

Ah! c'est toi Georget. Eh bien, queu' nouvelle? Viens-tu du baillage?

GEORGET.

Eh mon dieu, oui. La pauvre Annette... On vient d' lui lire sa sentence.

BLAISOT.

Bah!... et elle est condamnée...

GEORGET.

A mort, mon cher Blaisot.

BLAISOT, *se levant et ramassant son argent.*

Mais c'est une abomination ça! tiens, Georget, j' voudrois pour tout c' que j'ai là d' vaillant qu' ton damné Bailli...

(*Tandis qu'il parle, la Pie vient sur le banc, prend dans son bec la pièce de 24 sols, et s'envole vers l'église.*)

GEORGET, *montrant la Pie.*

R'garde donc, r'garde donc, Blaisot.

BLAISOT.

Eh! eh! veux-tu bien lâcher.... Margot? Margot? La maudite bête! n' v'la-t-il pas qu'elle m'a emporté ma belle pièce de vingt-quatt' sous toute neuve! jarni, une pièce que j' n'aurois pas donnée pour....

GEORGET.

Oh! le bon tour, le bon tour...

BLAISOT.

Oui, oui, j' te conseille de rire. (*à la Sentinelle qui s'est arrêtée, et qui rit.*) Allons, riez aussi, vous M. la Sentinelle ; mais moi, j'enrage, entendez-vous. Eh t'nez la v'la là haut c'te voleuse insigne, la v'la tout auprès de l'échaffaudage. Si j' pouvois grimper jusques la, j'ai r'marqué l'endroit, p't-être ben qu' je r'trouverois ma belle petite pièce. Voyons un peu. (*Il va pousser la porte du clocher.*) Bon ! ces ou riers qui travaillent au clocher ont justement laissé la porte ouverte. Attends, attends, Margot, si j' t'attrappe, j' te réponds bien que tu me l' payeras. (*Il entre dans le clocher.*)

GEORGET.

Il croit bonnement qu'la Pie va l'attendre.

SCÈNE XX.

GEORGET, Habitans, ensuite JULIENNE, RICHARD, GERVAIS, BLAISOT, dans le clocher.

(*Du monde sort du baillage et se rassemble dans le fond.*)

GEORGET.

Allons, v'là qu'on sort du baillage. C'est donc fini pour c'te pauvre Annette !

RICHARD.

Oui, oui, je le publierai partout, c'est une affreuse injustice.

GERVAIS.

Paix donc, paix donc, mon fils, tu vas te perdre, nous exposer tous...

JULIENNE.

Rentrons, Richard, je t'en conjure.

RICHARD.

Les barbares l'ont condamnée ! ils n'ont pas voulu m'entendre Oh ! mon père, si vous saviez tout ce que je sens là dedans d douleur, d'indignation, de rage...

GERVAIS.

Songe donc, Richard, que ma colère est égale à la tienne Mais modére-toi, par grace ; rentrons.

RICHARD.

Non, je veux la revoir encore.

GERVAIS.

Annette n'a-t-elle pas reçu tes adieux ? Allons, suis nous rentrons, mon ami, je le veux, obéis à ton père.

RICHARD.

O tourment ! (*Gervais l'entraîne et le fait rentrer par la porte de l'enclos. Julienne les suit.*)

GEORGET.

Pauvre jeune homme ! Ah ! mon dieu ! v'là c'te malheureuse fille au milieu des gendarmes , la v'là qui va passer pour aller subir son jugement. Ah ! mon dieu , mon dieu ! (*Il s'éloigne.*)

SCÈNE XXI.

ANNETTE, Gendarmes , Habitans.

(Des Gendarmes viennent faire ranger le monde qui est dans le fond. Annette , au milieu d'autres Gendarmes , descend les marches du baillage et s'achemine lentement vers la rue qui tourne derrière le baillage. Elle est précédée et suivie des habitans du village. Elle jette les yeux vers l'église , et paroît demander aux gendarmes la permission de s'arrêter un moment.)

ANNETTE, *s'agenouillant devant le portail.*

O mon dieu ! ranime mon courage et prends pitié de mon père !

(Elle se relève et continue sa marche. On la perd bientôt de vue, et la foule l'accompagne.)

SCENE XXII.

BLAISOT , dans le clocher , GEORGET , la Sentinelle , dans le fond , ensuite RICHARD , GERVAIS et JULIENNE.

BLAISOT , *sur l'échaffaudage , tirant quelque chose d'un trou où il vient d'enfoncer son bras.*

Oh ! garnignienne ! — Holà ! hé Georget ? Annette est innocente (*montrant le couvert*). R'gardez , r'gardez c'que j'viens d'trouver.

GEORGET.

Que nous montre-t-il là ?

BLAISOT.

Eh mais , mon dieu ! où vont-ils la conduire ? (*criant de toutes ses forces*). Arrêtez , arrêtez là bas , vous autres ! (*à lui-même*). Ils n'm'entendent pas ! un moment , un moment , j'vas... (*Il rentre à moitié dans le clocher par les abat-vents.*)

GEORGET.

Qu'a-t-il donc trouvé pour faire tant de tapage ? (*Blaisot fait sonner une cloche à coups précipités.*) Eh ben , eh ben , est-ce qu'il est devenu fou ?

GERVAIS, *accourant avec sa femme et son fils.*

Qu'est-ce donc ? Qu'est-il arrivé ?

JULIENNE.

Quoi donc ? quoi donc ?

BLAISOT, *cessant de sonner.*

Par ici, par ici, tout l'monde ! Annette est innocente.

RICHARD.

Qu'entends-je ?

GERVAIS, *appelant.*

Blaisot ? Blaisot ?

JULIENNE.

Blaisot, dis-nous donc vite...

BLAISOT.

Ah ! ma marraine, ah ! M. Richard, courez, courez donc leur dire... v'là vot' couvert, ma marraine, et ma pièce d'vingt-quatr' sous toute neuve ; c'est vot' Pie qui les avoit volées.

RICHARD.

Juste ciel !

BLAISOT.

Tendez vot' tablier, ma marraine. (*Il jette le couvert sur le tablier de Julienne.*)

GERVAIS, *prenant vivement le couvert.*

O mon dieu ! c'est cela même.

RICHARD.

Ah ! courons, mon père.

GERVAIS, *hors de lui.*

Oui, ventrebleu ! courons faire voir... courons , courons , mon fils. (*Il emporte le couvert et sort avec Richard, Blaisot se remet à sonner.*

SCENE XXIII.

LE BAILLI et les précédens, *excepté* RICHARD et GERVAIS.

LE BAILLI.

Qu'est-ce que c'est ? Que signifie le tocsin que je viens d'entendre ?

JULIENNE.

M. le Bailli, vous me voyez au comble de la joie. Annette est innocente. Et son père donc ! qui vient d'arriver à la ferme dans un désespoir affreux, comme il va... Oui, oui, M. le Bailli, mon couvert est retrouvé. Oh ! c'est un...

LE BAILLI.

Comment ? Comment ? votre couvert, dites-vous...

GEORGET.

Oui, M. l'Bailli, c'te sentinelle et moi, j'sommes témoins qu'c'est Blaisot qui l'a r'trouvé dans le clocher.

LE BAILLI.

C'est incroyable!

BLAISOT *regardant vers la campagne.*

Ah bon! Les v'la! — Place, place, v'la mam'sel'e Annette, qu'ou apporte en triomphe. C'est çà morgué! v'la c'quelle méritoit.

(Il fait tomber le bout de la corde qui étoit relevé sur l'échaffoudage.)

SCENE XXIV ET DERNIÈRE.

Les Précédens, ANNETTE, GERVAIS, RICHARD, Habitans, Gendarmes, *ensuite* EVRARD et FRANCOEUR.

(Richard, Gervais et deux autres habitans apportent Annette assise sur un siège fait à la hâte de branches coupées avec leurs feuilles. Parvenue sur l'avant-scène, elle descend de son siège.)

GERVAIS.

M. le Bailli, c'est du consentement du grand Prévot à qui nous avons tous répondu d'Annette, que nous la ramenons. (*montrant le couvent.*) Voici la preuve de son innocence; la pie de madame Gervais l'avoit cachée dans ce clocher.

BLAISOT, *se disposant à descendre le long de la corde.*

Et c'est moi qui ai trouvé la pie au nid.

TOUS.

Bien, Blaisot, bien, bien.

LE BAILLI.

Silence, silence! voudra t-on m'expliquer enfin...

TOUS.

Annette est innocente, Annette est innocente.

EVRARD *suivi de Francœur, sortant de l'enclos.*

Ma fille est innocente!

ANNETTE *courant dans ses bras.*

Mon père!

TOUS.

Son père!

LE BAILLI, *regardant Evrard.*

Eh mais, n'est-ce pas...

EVRARD.

Oui, M. le Bailli, je suis Evrard.

ANNETTE, *effrayée.*

Juste ciel!

LE BAILLI.

En ce cas, mon cher Monsieur, j'ai l'ordre...

FRANCOEUR.

De le laisser en paix, M. le Bailli. (*Lui présentant un papier.*) Lisez.

EVRARD, *à Annette.*

C'est ma grâce, mon enfant. (*Annette exprime sa joie*).

LE BAILLI, *parcourant le papier.*

Oui, c'est sa grâce.

ANNETTE.

Ah ! mon père ! (*à Richard.*) C'étoit là mon secret, Richard. (*se retournant.*) Mais, où est donc Blaisot ?

BLAISOT, *se laissant glisser le long de la corde jusqu'à terre.*

Le v'là, le v'là. (*Annette lui fait amitié.*)

JULIENNE, *à Annette.*

Aimable enfant, j'ai bien des torts, mais une fille pardonne tout à sa mère, sois donc ma fille, chère Annette. (*Annette et Richard l'embrassent*).

GERVAIS.

Bien, bien, femme, j'te remercie d'm'avoir prévenu.

LE BAILLI, *à part.*

Trop heureux Richard ! Sortons, car je suffoque.

BLAISOT.

Ecoutez donc, M. l'Bailli : si vous êtes si fâché d'avoir perdu vot' peine, (*montrant le clocher*) allons vîte, une bonne sentence contre Margot ; faites-là pendre, ça s'ra justice, elle l'a bien méritée.

LE BAILLI.

Eh ! morbleu !.. (*Il sort furieux*).

GERVAIS, *aux habitans.*

Allons, mes amis, v'nez tous à la ferme m'aider à célébrer le triomphe d'Annette et le bonheur de Richard ; venez raisonner le verre en main sur le danger qu'il y a de se fier aux apparences.

FIN.